KB141943

내려올 때 보인다

내려올 때 보인다

2015년 6월 22일 초판 1쇄 발행
지은이 · 함영준

펴낸이 · 이성만
책임편집 · 최세현 | 디자인 · 김애숙

마케팅 · 권금숙, 김석원, 김명래, 최민화, 조히라, 강신우
경영지원 · 김상현, 이윤하, 김현우
펴낸곳 · (주) 쌤앤파커스 | 출판신고 · 2006년 9월 25일 제406-2012-000063호
주소 · 경기도 파주시 회동길 174 파주출판도시
전화 · 031-960-4800 | 팩스 · 031-960-4806 | 이메일 · info@smpk.kr

ISBN 978-89-6570-256-6(03810)

• 이 책의 국립중앙도서관 출판시도서목록은 서지정보유통지원시스템 홈페이지(http://seoji.nl.go.kr)와 국가자료공동목록시스템(http://www.nl.go.kr/kolisnet)에서 이용하실 수 있습니다.
(CIP제어번호 : CIP2015012997)

• 잘못된 책은 구입하신 서점에서 바꿔드립니다. • 책값은 뒤표지에 있습니다.

쌤앤파커스(Sam&Parkers)는 독자 여러분의 책에 관한 아이디어와 원고 투고를 설레는 마음으로 기다리고 있습니다. 책으로 엮기를 원하는 아이디어가 있으신 분은 이메일 book@smpk.kr로 간단한 개요와 취지, 연락처 등을 보내주세요. 머뭇거리지 말고 문을 두드리세요. 길이 열립니다.

언론인 함영준이 파헤친 한국 현대사를 뒤흔든 20인,
알려지지 않았던 그들의 진짜 이야기가 펼쳐진다.

내려올 때 보인다

함영준 지음

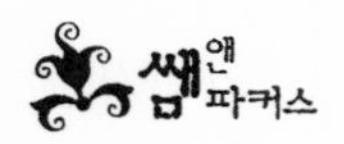

It is not the mountain we conquer, but ourselves.

우리가 정복하는 것은 산이 아니라 우리 자신이다.

에드먼드 힐러리 경

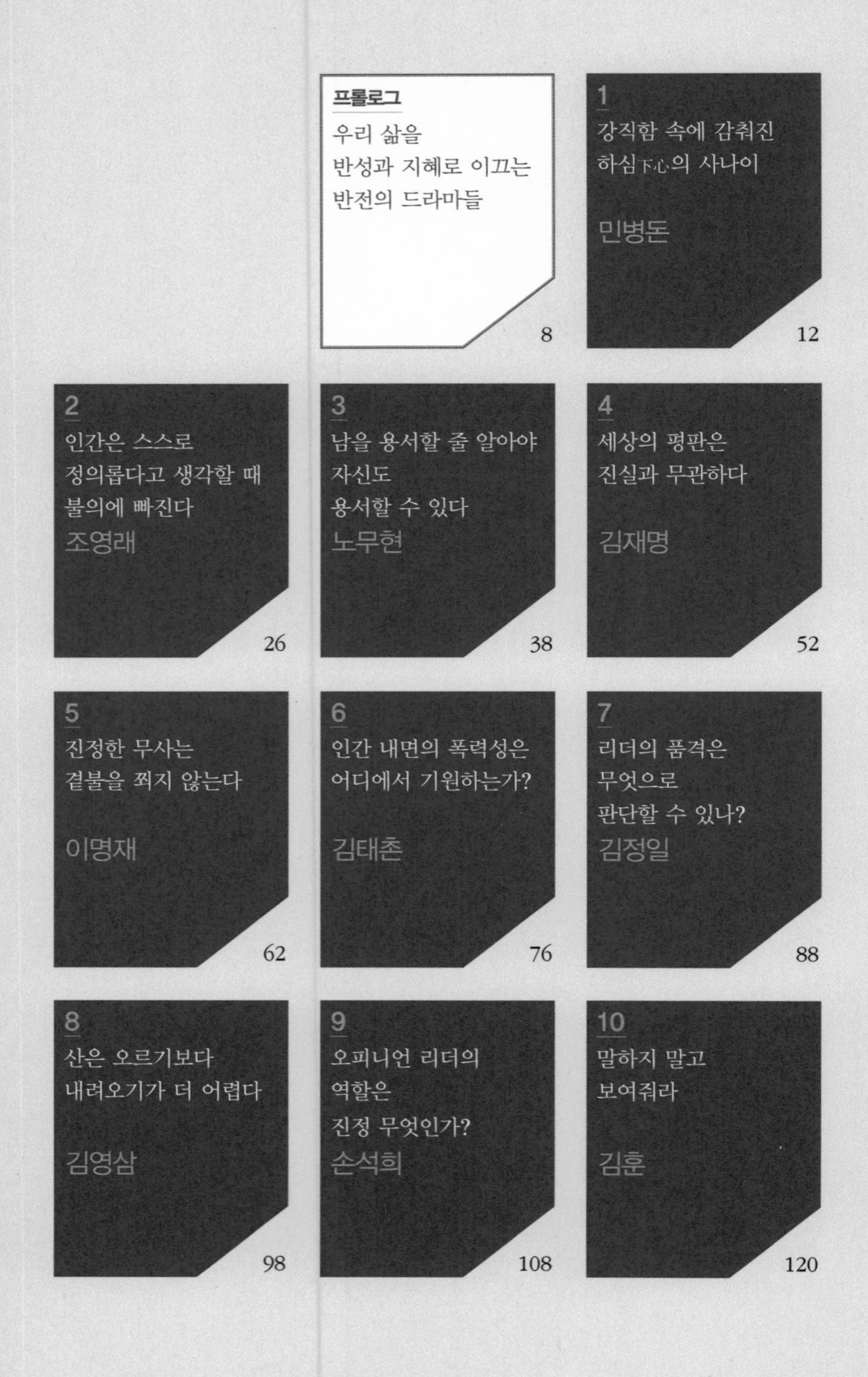

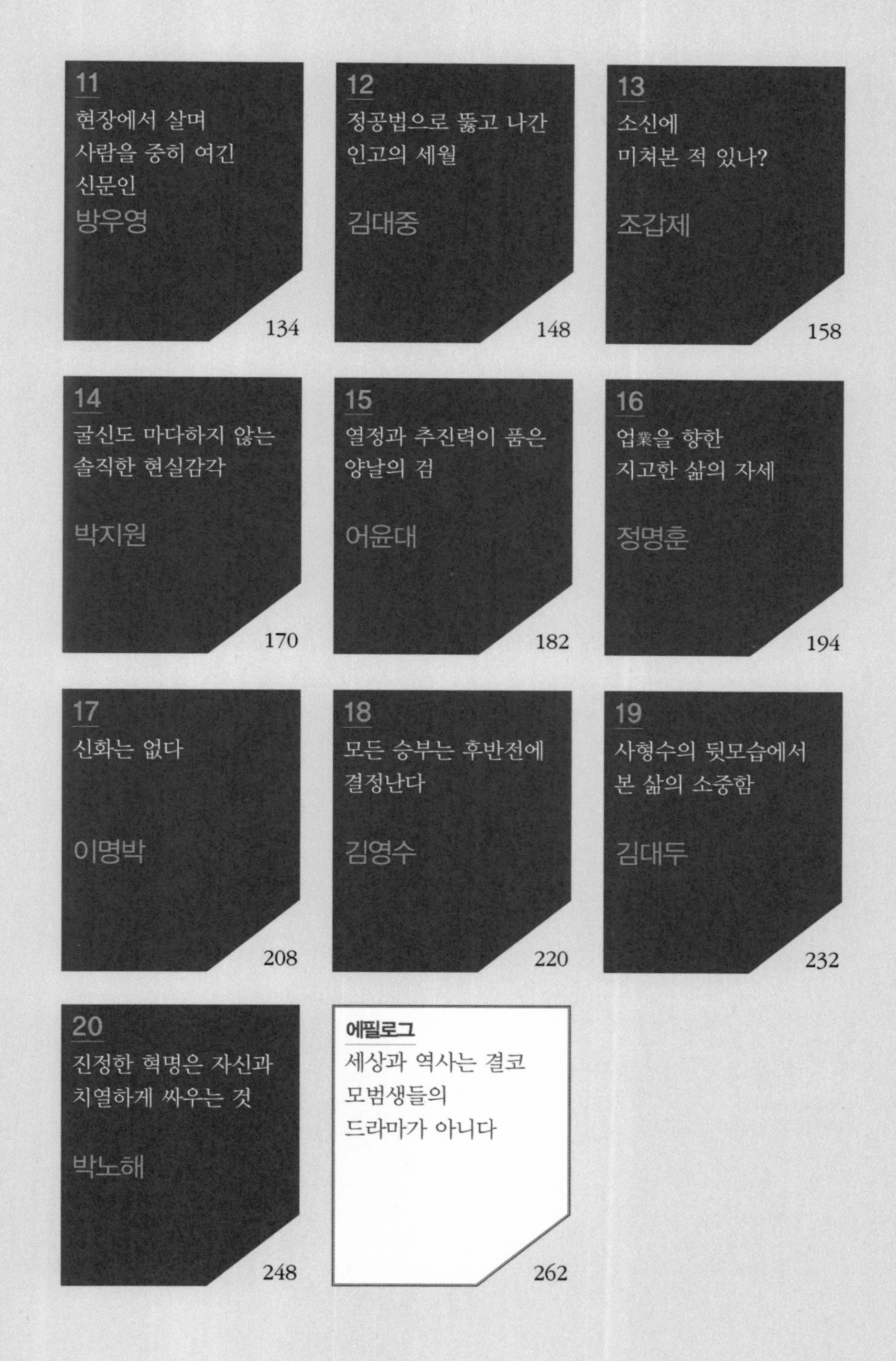

프롤로그

우리 삶을 반성과 지혜로 이끄는 반전의 드라마들

나는 지난 30여 년 간 기자, 작가, 교수, 청와대 비서관, 공기업 임원 등을 거치며 참으로 다양한 현실과 세상을 접했다. 그 과정에서 한 가지 알게 된 것이 있다. 승승장구할 때는 세상의 진면목이 보이지 않는다는 것이다. 늘 장밋빛처럼 보이기도 하고, 주변 사람이 모두 내 편 같기도 하다. 그러나 내려올 때는 세상의 참모습이 보인다.

내려갈 때 보았네.
올라갈 때 보지 못한
그 꽃
—'그 꽃', 고은

마찬가지로 잘나갈 때는 그 사람의 본모습이 보이지 않는다. 본인도 못 보고 주변도 못 본다. 그러나 내려올 때는 그 사람의 진짜 모습이 드러난다.

그 사람을 그 자리에 오르게 한 바로 그 이유가 그를 추락하게 만든다. 자신감은 바로 그 자신감이 독이 돼 추락하며, 정의는 바로 그 정의 때문에 몰락한다.

반대로 그를 비판하고 손가락질했던 이유가 실은 그 사람의 삶을 지탱해준 힘이었다. 현실적인 사람은 바로 그 현실성 때문에 자신의 세계를 일궈내며, 현실과 타협하지 않는 이는 바로 그 점 때문에 결정적일 때 큰 힘을 발휘한다.

나는 삶에서 수많은 반전反轉을 목격하거나 체험했다. 악연에서 출발했으나 평생 인연으로 발전한 경우도 있었다. 내가 옳다고 생각한 행동이 훗날 형편없이 그릇된 것이라는 것을 깨달은 적도 있었다. 내가 기대했던 이가 어이없게 역사의 뒤안길로 퇴장하는 것도 보았으며, 인간이 아닌 악마로 여겼던 이가 도리어 내 삶에 희망을 던져주기도 했다.

그 반전과 반전의 드라마를 보면서 나는 인간의 삶이 얼마나 변화무쌍한지, 인간 개인이 얼마나 무지하고 취약하고 불완전하며 동시에 위대한가를 새삼 깨닫게 되었다.

여기 등장하는 20명의 인물들은 격동의 한국 현대사를 대표하는 얼굴들이다. 그들은 좋건 나쁘건, 아주 치열한 삶을 살아왔다. 이 책은 내가 10~30년 이상 인연을 맺어 오면서 그들에 대해 관찰하고 숙고해온 기록이다.

그들과 관계를 맺게 된 연緣도 갖가지다. 손석희처럼 40여 년 전 함께 공부한 친구도 있고, 방우영 · 조갑제처럼 한 직장에서 20년 이상 동고동락한 관계도 있다. 조영래 · 김영수 · 이명재 · 민병돈 · 박지원처럼 기자 대 취재원으로 만난 경우도 있다.

노무현 · 김대두 · 김정일은 생전에 일면식도 없었지만, 결코 잊을 수 없는 사람들이다. 노무현의 경우 그를 무명의 지방 변호사에서 단숨에 전국적으로 유명한 인물로 만드는 데 결정적으로 기여한 이가 나였으며, 자살 전날 저녁 청와대 비서관으로서 그의 거취를 놓고 토론을 벌였던 이도 나였다. 결과적으로 나는 노무현이 세상에 이름을 알리기 전날과 세상을 등지기 전날, 모두 그의 문제로 씨름을 한 묘한 인연을 갖고 있다.

나는 이들의 이야기를 통해 당시 우리나라의 시대상과 사회, 그리고 인간의 본성을 보여주려고 했다. 그리고 이 모든 것이 '그들의 이야기'가 아니라 '우리들의 이야기'이며, 남의 얘기가 아니라 바로 내 얘기일 수 있다는 사실을 알려주고 싶었다.

2년 가까이 주말마다 원고를 쓰면서 이 주인공들을 통해 그때 그 시절을 떠올렸다. 더불어 지난 내 인생, 그리고 그때 범한 치기나 실수들에 대한 기억도 되살렸다. 모쪼록 이 모든 것들이 반성과 지혜로 거듭나길 희망한다.

1

강직함 속에 감춰진 하심下心의 사나이

민병돈

1987년 6 · 29 선언으로 26년간의 군사 독재가 무너지고 민주화가 시작됐다. 그러나 군은 여전히 '최고 실세'로 군림하고 있었다. 국가안보라는 명분에 따라 그들의 안하무인도 계속되고 있었다.

1988년 8월, 현직 언론인에 대한 테러 사건이 발생했다. 오홍근 〈중앙경제〉 사회부장의 '청산해야 할 군사문화'란 칼럼에 불만을 품은 군 정보부대 요원들이 출근길에 그를 칼로 찔러 중상을 입혔다.

당초 경찰은 목격자들을 통해 범인들이 탄 차가 흰색 포니2 승용차였고, 차적 조회를 통해 육군 정보사령부 소속인 것을 밝혀냈다. 하지만 정보사 측에서 오리발을 내미는 통에 더 이상 수사를 진전시키지 못하고 있었다.

사건이 미궁에 빠질 무렵, 〈중앙일보〉에 "정보사 소속 부대원 4명의 행적이 불분명하다."라는 제보가 들어오면서 사태는 급진전했다. 여론이 급속히 악화되자 육군 범죄수사단은 사건 발생 20일이 다 돼서야 정보사 소속 박모 소령과 하사관급 3명 등 4명을 체포하고 이들이 테러범이라고 발표했다.

그러나 성난 여론이 수그러들지 않았다. 마침내 군은 이 사건이 정보사 예하 부대장(준장)의 지시로 영관급 장교와 하사관 등 7~8명이 가담해 일어났으며, 사령관(소장)도 이를 알고 묵인했다는 사실을 인정할 수밖에 없었다.

정보사령관은 옷을 벗었고, 준장 이하 가담 군인들은 군법회의에 회부됐다. 그러나 "사리사욕에서가 아니라 군을 아끼는 충정에서 비롯된 것이며, 피해 정도가 경미하다."는 이유로 대부분 선고유예 판결을 받고 풀려났다. 그들은 얼마 후 군에 복귀했다.

이런 와중인 1989년 1월, 나는 군 취재를 맡게 됐다. 당시 국방부 출입기자는 '3실室 출입기자'로 불렸다. 기자실, 화장실, 대변인실 외에는 출입이 제한됐기 때문이다. 나는 군사보안을 이유로 과도하게 취재를 금지시키는 관행을 깨뜨리겠다고 마음먹었다.

그 무렵 기자실의 대표적 보도금지embargo 사항이 '3군 본부 계룡산 이전 계획'이었다. 서울 용산과 대방동에 위치한 육해공 3군 본부를 3월 말부터 충남 논산군 신도안(현 계룡대)의 새 청사로 이전하는 계획인데, 단 한 줄도 쓸 수 없었다. 이미 수년간 공사가 진행돼 천하가 아는 사실이요, 외신에서도 줄곧 보도되는 것인데도 말이다.

나는 3월 1일 자 초판에 '3군 본부 계룡산 이전'이라는 제목으로 그 내용을 1면 머리기사로 보도했다. 군은 내 예상을 훨씬 뛰어넘는 격렬한 반응을 보였다.

국방부는 관계자들을 신문사에 보내 "군사기밀 위반이다.", "기자를 구속하겠다."고 했다. 기사가 빠지지 않자 군 최고위층이 한밤중에 사주社主 집에 전화를 하며 항의했다. 결국 다음 날 아침 서울에 배포되는 신문에는 그 기사가 통째로 날아갔다.

이날 밤 내내 군은 조직적으로 우리 집에 전화를 걸어 "빨갱이 새끼", "구속시킨다.", "각오 단단히 해라." 하며 욕설을 퍼붓기도 했다. 국방부는 실제 군사기밀 누설죄로 나에 대한 구속을 검토했다. 테러나 연행에 대비해, 결국 나는 이틀간 집에 들어가지 못했다.

노태우 대통령 앞에서 북방정책 비난

그로부터 20일 후인 1989년 3월 21일, 태릉 육사 연병장. 노태우 대통령이 참석한 가운데 제45기 육군사관생도 졸업식이 거행되고 있었다.

졸업식사 순서가 되자 민병돈 육사교장이 다소 긴장된 모습으로, 관례인 대통령에 대한 경례도 생략한 채 연단에 나섰다. 그는 미리 준비한 원고를 10여 분에 걸쳐 읽어 내려갔다. 교장의 식사式辭는 다음 순서인 대통령의 치사致辭를 부각시키기 위해 짧게 하는 것이 보통이었으나, 민 교장의 긴 낭독은 이례적이었다. 결정적인 것이 이 대목이었다.

"(…) 사실 지금 우리 사회의 일각에서는 가치관의 혼란이 일어나고, 환상과 착각 속에서 우리가 지켜야 할 가치가 무엇이며, 우리의 적이 누구인지조차 흐려지기도 하며, 적성국과 우방국이 어느 나라인지도 기억에서 지워버리려는, 매우 해괴하고 위험한 일이 벌어지기도 합니다. (…)"

노 대통령이 집권한 후 의욕적으로 추진하고 있는 북방정책 및 대북 유화 기

1989년 3월 21일 육군사관학교 제45기 졸업식에서 노태우 대통령과 만난 민병돈 육사 교장(오른쪽). 그는 이날 노 대통령의 북방정책 및 대북 유화 기조를 직설적으로 비판해 파문을 일으켰다. [중앙포토]

조를 직설적으로 비판한 것이었다.

낭독이 끝난 뒤 민 교장은 연대장 생도의 경례도 받지 않은 채 곧바로 제자리로 돌아와 앉았다. 이때 옆자리에 있던 노 대통령이 "민 교장, 경례 받아야지."라고 지적하자 민 교장은 다시 연단으로 나가 연대장 생도의 경례를 받고 돌아왔다.

현직 육군 중장의 이날 행동은 일파만파의 파문을 일으켰다. 민주화 추진 과정에서 소외감을 느끼는 군부 강경 세력의 집단반발로 인식됐다.

민병돈은 신군부 핵심 세력인 '하나회' 출신의 육사 15기 대표 주자이자, 전두환 전 대통령의 총애를 받던 인물이었다. 강직하고 소신이 강한 무장武將이란 평과, 상관도 못 말리는 독선적 인물이란 평이 엇갈렸다. 결국 민 교장은 스스로 사의를 표한 뒤 얼마 후 군복을 벗었다. 몇 달 뒤 나는 그의 집을 찾아갔다. 의외로 동네 아저씨같이 순박하고 수수한 모습이었다. 그는 졸업식 당시 자신의 행동에 대해 이렇게 밝혔다.

"대통령이 '북한은 적이 아니라 동반자'라고 해 전방 군인들이 혼란에 빠졌다. 주적이 북한이 아니라면 왜 이 땅의 젊은이들이 엄동설한에 이 고생을 해야 하는가? 나는 이런 여론을 직접 전하고 싶었다."

그는 또 대통령에 대한 경례는 행사 시작 시 '임석 상관에 대한 경례' 한 번으로 족하다고 했다.

"순서 단계마다 상급자에 대한 경례는 과공過恭이다. 난 과거부터 군의 이런 형식주의적 관행은 따르지 않았다."

군 주변에서 민병돈은 '민따로'라는 별명으로 유명했다. 대세나 관행에 따르지 않고 '따로' 행동함으로써 사서 고생한다는 뜻이다. 확실히 그의 군생활을 보면 그런 소리를 들을 만했다. 상명하복과 위계질서가 투철한 군대에서 그는 소신에 따른 '특이한' 행동을 많이 했다.

나라 전체가 가난하던 1960년대 군에서는 식량과 군용품을 빼돌려 팔아먹는 부정부패가 만연했다. 4성 장군 월급이 쌀 한 가마 값에 불과하던 시절이라 웬만한 부정은 눈감고 넘어가던 세태였다.

초급장교 시절부터 그는 상관에게 이를 지적하고 항의했다. '상납'을 하지

특전사 대대장 시절 민병돈 중령(맨 오른쪽)이 당시 직속상관인 제1공수여단장 전두환 대령(왼쪽)과 함께 1972년 지리산 훈련 상황을 참관하기 위해 헬리콥터에 타고 있다. [민병돈 제공]

도, 받지도 않았다. 사실 군대 월급 가지고는 대부분 생계가 곤란하던 시절이었지만, 민병돈은 육사 시절 배운 대로 행동하려고 했다. 특히 선거 때가 되면 군부대 안에서는 공개적으로 여당 후보를 찍는 부정선거가 일반적이었다. 그러나 민병돈은 "민주주의 국가에서 투표는 자기가 원하는 사람을 찍는 것."이라며 비밀투표를 독려했다.

부대원에 방탄복 입히고 실탄 사격훈련

민병돈은 전형적인 'FMField Manual, 야전교범 군인'이었다. 특전사 대대장 시절, 작전에 나가면 '폼 나는' 지휘관 텐트를 마다하고 허름한 사병 텐트 속에서 함께 뒹굴었다. 지휘관이 적에게 노출되면 안 된다는 교리를 철저히 지킨 것이다.

또한 그는 군대 내에 만연해 있는 불필요한 형식과 절차를 배격했다. 한번은 지휘관 시절 퇴근 후 밖에서 식사를 하다 부대 내에서 불이 났다는 연락을 받았다. 서둘러 부대로 복귀하는데 정문 위병 근무자가 평소 습관대로 "근무 중 이상 무!"라고 외쳤다. 당장 민병돈의 불호령이 떨어졌다.

"이럴 때는 '근무 중 불이 났다'고 해야 하는 것 아닌가?"

그는 훈련도 실전을 방불케 할 정도로 혹독하게 실시했다. 특전사령관 시절 1988년 서울올림픽 테러에 대비, 즉응력卽應力을 기른다는 명분으로 부대원들 상호 간에 방탄복을 입혀놓고 실탄 조준 사격을 하게 한 것은 지금도 군에서 회자되는 유명한 일화다.

당시 정부는 북한이나 중동 지역 테러단체들의 준동을 특히 염려했다. 1972년 독일 뮌헨올림픽 때 팔레스타인 극좌파 테러단체 '검은 구월단Black September'이 선수촌에 침입해 큰 피해를 입혔었다. 이런 사태가 서울에서 재현될 가능성이 높았다. 대 테러진압을 맡은 곳이 바로 특전사였다.

실제 6 · 25 전쟁에 참여해 교전 경험이 있는 민병돈이 보기에 가장 걱정되는 것은 '체력이 좋지만 순박한' 특전사 요원들이 순간적으로 테러단의 프로페

셔널 킬러들과 조우할 때 과연 먼저 총을 쏠 수 있느냐는 점이었다. 총으로 인명을 살상해본 경험이 없는 사람은 순간 주저하게 된다. 그리고 그 0.1초가 생사를 가른다. 그는 사람을 향해 직접 총을 쏘아보는 훈련이 반드시 필요하다고 생각했다.

그는 특전사 최정예부대인 707대대 대원들의 상의에 방탄복을 입혀놓고 동료 부대원들에게 정조준 실탄사격을 하게 했다. 모두들 주저했다. 동료를 겨냥, 사격할 수가 없다고 고개를 절레절레 흔들었다.

이때 민병돈 사령관이 나섰다. 직접 방탄복을 입고 부대원들 앞에 섰다.

"먼저 나를 쏴라!"

결국 사령관이 '총알받이'를 자천함으로써 훈련이 시작될 수 있었다. 이 훈련은 민 사령관 시절 단 한 번의 사고도 없이 무사히 치러냈다. 그러나 후임 사령관 시절에는 오발로 부대원 한 명이 중상을 입는 사고가 일어났다. 이후 이 훈련은 너무 위험하고 무자비하다는 여론에 따라 폐지됐다.

'민따로'의 원칙주의는 1985년 2·12 총선 때 빛을 발한다. 당시 연금에서 풀려난 YS(김영삼)와 미국에서 돌아온 DJ(김대중) 등 민주화 세력이 '신민당 돌풍'을 일으키자 전두환 정권은 총력전으로 맞섰다.

그러나 수도권 20사단장으로 근무하던 민병돈 소장은 평소 소신대로 '부정선거'를 거부했다. 뿐만 아니라 육사 후배인 김진영 수도기계화 사단장도 동참케 했다. 후배인 김 소장은 육사 17기 선두주자로 훗날 육군 참모총장을 역임한다. 군에서는 난리가 났다.

원래 20사단장은 수방사령관(중장)으로 영전하는 요직 중의 요직이다. 그러나 민병돈은 준장 보직(육군본부 정보참모부 차장)으로 좌천됐다. 김진영도 경북 영천의 육군 3사관학교 교장으로 밀려났다. 하나회를 대표하는 군의 두 실세가 시범케이스로 좌천된 것이다.

여차하면
청와대 점령계획까지 세워

1987년 6월 중순, 전국은 폭풍 전야였다. 6 · 10 항쟁을 계기로 전국이 준準 소요상태로 접어들었다. 서울 도심에서 벌어진 시위에는 회사원 등 '넥타이 부대'가 가담해 세상을 놀라게 했고, 시골 읍면 단위까지 시위가 번져 나갔다.

그러나 정부는 강경 대응이라는 입장을 유지하고 있었다. 곧 군이 출동하고 위수령衛戍令이 발동될 것이라는 풍문이 퍼져나갔다.

민병돈 특전사령관은 사태를 예의주시했다. 만약 군이 출동한다면 그의 특전사가 최첨병으로 나설 수밖에 없다.

'지금 상황에서 군이 나서면 내란상황이 될 것이다. 7년 전 광주와는 비교할 수 없는 엄청난 사태가 초래될 것이며 대한민국이 문을 닫을 수도 있다.'

이런 우려는 비단 민병돈만의 것이 아니었다. 드디어 6월 19일 육군참모총장 발發 '작전명령 제87－4호'가 떨어졌다. 실제 작전 개시 직전에 나오는 준비 명령이었다. 내용은 충격적이었다.

- 전군, 87. 6. ○일, ○시 부로 소요 진압작전 실시
- 4개 사단, 6개 특전여단, 4개 군단 특공연대, 해병 2개 연대는 수도권 및 후방에 배속
- 부산·경남과 충남·충북 지구, 계엄사 운용
- 육군 예비 : 특전사, 수기사, 항공여단
- 탄약·식량(3일치) 휴대
- 발포 명령은 선 육본 건의 후, 승인 하 조치….

휴전선을 담당한 전투부대를 제외한 나머지 대부분의 전군을 소요진압 작전에 대비하도록 하고, 전국에 비상계엄 사령부를 설치·운용하며 필요 시 발포도 할 수 있다는 내용을 골자로 하고 있다.

상황은 급박해졌다. 이제 대통령이 한 마디만 하면 '전군 출동→유혈충돌→무력진압→내전상태'로 번질 것이다. 어떻게 해서든 막아야 한다. 민병돈은 즉시 육사 동기인 고명승 보안사령관을 만났다.

"군이 출동하면 다 망한다. 자네가 각하를 만나 명령 취소를 건의하게. 만약 누가 대표자냐고 묻는다면 내 이름을 대게."

고명승도 동감을 표시하고 즉시 청와대로 올라갔다. 민병돈은 만약 대통령이 자신의 건의를 무시한다면 즉시 휘하 707대대로 청와대를 점령하는 쿠데타를 감행할 계획이었다. 총 7개 여단으로 구성돼 있는 특전사 내에서 707대대는 정예 중의 정예로 미국 델타 포스Delta Force, 대테러특수임무부대와 같은 역할을 하고 있다.

민 사령관은 대대장을 이미 청와대로 보내 정찰을 시키는 등 도상 연습을 마쳤다. 만약 실제 거사가 이뤄질 경우 방송으로 나갈 대국민 성명서도 작성한 상태다. 당시 가까운 후배들로 이뤄진 수도권 부대 지휘관들의 동조도 자신했다.

'문제는 대통령과의 의리다. 그러나 대한민국 장군으로서, 특전사령관으로서 개인적 인간관계보다는 국가와 국민의 안전이 먼저다.'

그는 실패할 경우 총살이나 자결을 각오했다.

고명승 보안사령관이 전 대통령을 만났다.

"각하, 군 출동 명령을 재고해달라는 군내 여론이 높습니다."

"누가 주도하는가?"

"민병돈 특전사령관입니다."

"뭐야? 민병돈이…?"

순간 전 대통령의 얼굴에 뜻 모를 미소가 스쳐 지나갔다.

"…알았어. 가봐."

전 대통령도 이미 여러 경로를 통해 민심을 전해 듣고 있었다. 최우방인 레이건 미국 정부의 우려도 전해 들은 바 있다. 작전 명령은 사실 '엄포용'이었다. 그리고 전 대통령은 누구보다 민병돈의 사람됨을 알고 있었다.

염려하던 군 출동은 이뤄지지 않았다. 며칠 뒤 국민들의 민주화 요구를 전폭적으로 받아들이는 역사적인 '6 · 29 선언' 이 발표됐다.

가난한 휴가병 보면
여비 쥐어줘 보내

민병돈은 1989년 퇴임 후 공직 제의를 일절 뿌리친 채 40여 년 전 마련한 서울 양천구 목동 집에서 중풍 걸린 아내를 수발하며 산다. 그리고 늘 허름한 점퍼를 걸치고 보수단체 모임에 나가 묵묵히 도와주며 나라 사랑을 실천하고 있다. 노태우 정권 때는 물론 DJ, JP 측에서 서로 영입하려고 했지만 모두 거절했다. 군인 외의 길은 자신에게 맞지 않는다고 생각했기 때문이다.

그는 타고난 군인이다. 어려서부터 군인이 되고 싶었다. 서울 출신인 그는 휘문중 3학년이던 만 15세 때 6·25가 터지자 학도병으로 참전해 총상을 입기도 했다. 고된 군대생활도 그에게는 낙樂이었다. 그는 부하들을 엄하게 다뤘다. 원칙에 어긋나거나 꾀를 부리면 가혹하게 처벌했다.

그러나 가난한 휴가병에게는 주머니를 털어 차비와 닭 한 마리 사갈 돈을 쥐어줬다. 연대장 시절 참모들이 만들어준 기념패에는 '차갑고도 뜨거우며, 무섭고도 인정 많은 연대장님께'라고 씌어 있었다. 그의 집에는 지금도 수십 년 전 부하들이 찾아온다. 채소나 곡식을 가져오기도 하며, 자식 결혼식에 주례를 부탁하기도 한다.

인간 민병돈을 볼 때마다 나는 '하심下心'을 느낀다. 불교 용어로 하심은 '자기 자신을 낮추고 남을 높이는 마음'이다. 그는 위만 바라보기 쉬운 군대라는 계급 사회에서 드물게 아래를 굽어 살피며 살아온 사람이다. 어떻게 하면 부하들이 제대로 대우받고, 원칙에 맞게 살며, 전투를 잘하는 군인으로 만들 것이냐가 그의 주관심사였다. 3성 퇴역 장성인 그는 골프도 안 친다. 심지어 자동차나 휴대폰도 없다. 잘난 체하지도, 무용담을 늘어놓지도 않는다.

나는 그와 관련된 개인적인 에피소드가 있다. 10년 전 신문사를 나와 고생하고 있을 때 어느 날 그의 전화가 걸려왔다.

"요즘 얼마나 힘들어. 식사나 해."

우린 식당에서 설렁탕에 소주 한 병을 나눠 먹었다. 그날 그 점심이 지금도 내겐 잊혀지지 않는다.

얼마 전, 오랜만에 그를 만났다. 저녁 무렵이 되자 그는 40년 전 대대장 시절 자신을 따르던 하사관(부사관)이 왕십리 지하철역 부근에서 라면집을 개업해 축하해주러 간다고 일어섰다.

예순이 넘은 부하의 새 길을 격려하기 위해 시청 전철역으로 성큼성큼 걸어가는 팔순 퇴역군인의 뒷모습…. 순간 내 마음속에 뭉클한 무엇이 치밀어 올랐다.

2

인간은 스스로 정의롭다고 생각할 때 불의에 빠진다

조영래

2008년 이명박 정부가 출범한 지 3개월도 안 돼 전국은 '광우병 파동'에 휩싸였다. 정부의 미국산 쇠고기 수입재개 허용조치가 광우병 전염으로 이어질 수 있다는 여론이 전국을 휩쓴 것이었다. 여기에는 광우병 관련, MBC 'PD수첩' 보도의 효과가 컸다.

이로 인해 5월 초에 시작된 촛불시위는 거세게 번져 나갔고, 6월에 들어서자 시위대가 서울 광화문부터 시청 앞까지 거리를 가득 메우는 사태로까지 악화됐다. 시위대는 정부가 국민의 보건과 안전을 도외시하고 미국과 야합했다고 비난했다.

6월 19일, 대통령은 대對 국민 사과와 함께 전면 개각을 단행했다. 그러나 시위는 수그러들지 않았다.

"이명박 살인정권 물러가라."

"미국에 국민 생명 팔아먹은 매국노를 처단하자."

당시 청와대에서 근무하고 있던 나는 1960년 4·19가 생각났다.

'지금이 이승만 하야를 외치던 그때와 같단 말인가….'

이명박 정권은 불과 6개월 전에 531만 표라는 사상 최대의 표차로 정권교체를 이루고 집권했다.

'광우병 파동'은 이렇게까지 커질 일이 아니었다. MBC 'PD수첩'이 지적한 대로 미국산 쇠고기 수입과 관련해 정부의 대응에 문제가 전혀 없었던 것은 아니지만, 야당이나 운동권, 일부 언론의 주장과는 본질적으로 거리가 멀었다.

그러나 당초 평화적인 집회는 날이 갈수록 과격해지고 정치적 투쟁으로 변질됐다. 시위 세력들은 아예 시내 한복판에서 술을 마시고 방뇨를 하며 나이 어린 의경들에게 벽돌과 쇠파이프를 휘둘렀다. 밤만 되면 광화문 일대는 무법천지의 해방구로 변했다. 속수무책. 공권력은 마비된 지 오래다. 형사적 처벌로 접근해봐야 범법자들을 오히려 '영웅'으로 만드는 격이었다. 도대체 어떻게 무너진 법질서를 회복하겠는가? 불현듯 조영래 변호사의 망원동 수재水災 소송이 생각났다.

고3 때 정학 맞고도
서울대 수석입학

1984년 9월 1일부터 3일까지의 집중폭우로 서울을 비롯해 중부 지방 일대가 초토화되고 말았다. 당시만 해도 국가적 방재 시설이 턱없이 부족해 장마철만 되면 늘 물난리를 겪어야 했다. 그러나 이번에는 차원이 달랐다. 수십 년 만에 찾아온 대홍수였다. 지금 서울아산병원이 들어선 송파구 풍납동 일대는 한강의 범람으로 물속에 잠겨버렸다. 취재하던 〈한국일보〉 기자가 급속히 불어나는 물에 휩쓸려 떠내려가다 극적으로 구조되기도 했다. 사망자만 백 수십 명이 됐다. 초년병 기자 시절 나는 경찰서와 현장을 오가면서 사태를 빠짐없이 목격했다.

특히 상습 침수지역인 마포구 망원동 일대의 피해가 컸다. 수만 가구 주택이 고스란히 물에 잠겼다. 당시만 해도 물난리는 천재天災로 인식됐다. 그러나 '인권변호사' 조영래는 다르게 생각했다.

"부실 공사를 하고 유수지 물 관리를 잘못해 발생한 인재人災다."

그는 대학 후배이자 사무장인 박석운과 함께 망원동 수재민을 일일이 찾아다니며 설득했다.

"서울시와 건설사의 잘못이니 손해배상 소송을 제기하겠습니다. 수임료는 승소하면 주십시오."

취재기자와 변호사로 우리는 만났다. 부스스한 머리에 나지막한 목소리, 피워대는 줄담배…. 그것이 조 변호사의 첫인상이었다. 우리는 급속히 친해졌다. 아니, 내가 일방적으로 그를 좋아했다. 연배도 10년이나 차이가 나고 딱히 공통점도 없었지만, 어떤 '열정', 사회를 개선하고 변화시키겠다는 마음이 서로 통해 친해졌던 것 같다.

나는 '조영래 팬'이 되어 재판 하나하나를 중계방송 하듯 보도했다. '언론의 재판권 침해'라고 할 만큼 수재민과 조 변호사 편에 선 일방적인 보도였다. '망원동 유수지 붕괴사고 원인은 배수관 균열'(1985년 3월 5일 자), '수해물증 망원동 수문 철거 말썽'(1985년 4월 19일 자), '망원동 수해는 역시 인재였다'(1985년

7월 26일 자) 등등….

'조변'(조 변호사의 준말)은 자타가 공인하는 수재요, 학생운동의 전설적 리더였다. 경기고, 서울대 법대 동기동창인 한 법조계 인사의 회고담이다.

"영래는 공부 · 학생운동 · 문화 · 예술 등 다방면에서 출중했어요. 김근태 · 손학규 등 동기생 중 단연 발군이었죠. 고3 때 한일회담 반대 시위(1964년)로 정학을 맞고서도 서울대를 전체 수석으로 입학했고, 고시(사시 13회)도 몇 개월 만에 덜컥 합격해 모든 사람이 부러워했죠."

동창생들도 인정했듯이 그는 공부는 잘했지만 모범생은 아니었다. 고3 때 그는 한일회담 반대 시위 말고 다른 일로 한 번 더 정학을 당한다.

어느 날 등교하던 조영래는 게시판에 공납금 미납자로 자신과 당시 경기중 3학년이었던 동생의 이름이 적혀 있는 것을 목격하고, 게시판에 붙은 방을 갈기갈기 찢어서 쓰레기통에 버렸다. 모두가 가난해 공납금을 제때에 내지 못하는 학생들이 비일비재했던 시절이었다. 학교 당국은 학교의 공적 기능을 훼손시킨 반질서 행위로 간주하고 이틀간의 정학에 처했다.

그러나 조영래는 반항만 하는 학생은 아니었다. 역시 3학년 때의 일이다. 경기고 재학생 둘이 싸우다 한 명이 목숨을 잃는 사건이 발생해 교장이 사표를 냈다. 그러나 '불량 학생' 조영래는 교장의 유임을 탄원하는 내용의 문서를 만들어 학생회 간부들의 서명을 받아 학교 당국과 상급기관인 교육위원회에 제출했다. 결과와 상관없이 조영래의 존재는 이미 학교 안팎에서 범상치 않은 인물로 각인되어 있었다.

1965년 대학 입시에서 조영래는 서울대 전체 수석을 차지해 일약 전국적인 주목대상이 됐다. 500점 만점에 422점. 법대와 상경대 커트라인이 320점 내외였는데 그에 비해서도 훨씬 높을 뿐만 아니라, 서울대 개교 이래 최고의 점수였다. 이에 대해 조영래의 변辯은 짧았다.

"그저 붙으면 붙었지, 톱은 무슨 톱입니까."

수석입학은 전혀 예상하지 못했고, 그게 뭐 대수로운 일이냐는 듯 여유를 부린 것이었다.

그의 법대 1년 후배인 안경환 전 서울대 법대 학장이 쓴 《조영래 평전》에 따르면, 조영래는 대학에 들어가자마자 출신이나 소속을 가리지 않고 수많은 사람들을 사귀기 시작했다.

동숭동 캠퍼스 시절, 그는 법대를 벗어나 구름다리를 건너 문리대 교정을 넘나드는가 하면 틈틈이 버스를 타고 종암동 상과대학을 찾아가기도 했다. 이와 함께 학생운동에 깊이 관여하게 됐고, 4년 동안 두 차례의 근신과 정학, 그리고 최하위권 성적을 기록한 채 졸업을 했다.

대학 졸업 후 그는 잠시 사법시험 준비로 몇 개월 동안 공부한 것 외에 대부분의 시간을 본격적인 학생운동을 벌이는 데 썼다. '서울대생 내란음모사건', '민청학련사건' 등 1960~1970년대 대형 시국사건에 대부분 관여했다. 덕분에 '구속－수감－석방－수배'를 이어가며 유신 시절 내내 쫓겨 다녔다.

수배 중일 때 그는 1970년 분신자살한 청계피복노조 전태일의 자료를 모아 《전태일 평전》을 집필했고, 투옥 중인 시인 김지하의 '양심선언'을 대신 써 세상에 알림으로써 전 세계의 주목을 받게 만들었다. 조영래는 박정희 정권이 종

1986년 부천 성고문 사건의 피해자인 권인숙 씨를 변론했던 조영래 변호사(오른쪽). 그는 가해자인 부천서 형사 문귀동이 무혐의 처리되자 공동대책위원회를 구성, 법원에 재정신청을 내고 반대 집회를 열었다. [중앙포토]

말을 고한 10 · 26 사태 이듬해인 1980년에야 수배가 풀려 1983년 변호사 생활을 시작했다.

당시는 전두환 군사 독재 시절이었다. 많은 학생들이 왕년의 조영래처럼 정부에 항거하고 있었다. 그러나 학생운동은 큰 희생이 따랐다. 조영래는 새로운 형태의 투쟁방식을 고민했다.

그는 성장 위주의 경제 드라이브 정책이 우리 사회에 미치는 구조적 모순과 부조리에 주목했다. 건설업체와 관청의 구조적인 결탁은 필연적으로 부실공사를 낳고 여기에 대한 피해는 고스란히 민民에게 돌아가는 현실을 바꾸고 싶었다.

망원동 수재 소송은 새로운 방식의 대對 정부 투쟁이었다. 민사 재판을 통한 합법 '운동'이라 적어도 양심수를 만들지는 않는다. 대신 경제적으로 큰 효과를 볼 수 있다. 또한 강력한 국가와 거대기업에 대한 정당한 대항이었다.

그는 이렇게 말했다.

"모든 권력은 놔두면 남용될 수밖에 없어요. 더구나 지금 우리나라처럼 공권력이 강한 독재국가일수록 민民의 견제가 필요합니다. 학생운동도 민사 재판도 다 그런 맥락에서 나온 겁니다."

마침내 우여곡절 끝에 3년 뒤 1심 재판에서 승리했다. 조 변호사는 "함 기자 덕도 많이 봤다."며 나에게 고마워하기도 했다. 재판은 1990년 이회창 대법관 시절 대법원에서 최종 승소했다. 총 1만 2,000여 명의 주민이 참여해 53억 2,000만 원을 서울시로부터 배상받았다.

"정의란 어느 한편의 독점물이 아니다."

1980년대 중반, 민주화 운동이 가열되면서 조영래도 종횡무진 뛰어다녔다. 특히 부천서 성고문 사건 재판에서 피해자 권인숙 씨를 위한 그의 변론은 눈부셨다. 당시 나도 부천경찰서를 찾아가 가해자 문귀동 형사를 단독 인터뷰하고 검찰이 그의 거짓 알리바이를 밝혀낸 사실을 취재했지만, 정부의 언론탄압으로 기사화하지 못한 아픈 기억이 있다.

당시 인권변호사와 신문 기자는 '동지적' 관계였다. 우리는 자주 만나 대화를 나눴다. 조영래를 비롯해 고故 김상철 전 서울시장, 이상수 전 노동부 장관과 강남구 압구정동 광림교회 근처 카페에 자주 갔다. 홍성우, 고故 황인철, 조준희 변호사가 인권변호사 1세대라면 이들은 2세대의 주역이었다. 이들을 주축으로 정법회正法會가 만들어졌고 훗날 민변, 즉 '민주화를 위한 변호사 모임'으로 이어졌다.

나는 조변에게 당시 군사 독재의 실상을 파헤쳐 유명해진 〈월간 조선〉의 조갑제 기자를 소개해주었다. 그들은 고향(경북 청송), 성씨(趙), 학번(65)까지 같아 금방 의기투합했다. 은퇴 후 함께 살 공동주택 단지용 땅을 살 정도로 친했다. 인간적으로 가까워지면서 조영래에 대한 나의 호칭은 '조 변호사님'에서 '조 선배', 마지막에는 '형님'으로 변했다. 내가 몸담고 있던 〈조선일보〉에 노조가 만들어지자 그는 흔쾌히 노조 고문 변호사가 돼주었다.

그러나 그토록 바라던 민주화가 1987년 6·29 선언으로 이뤄지고 3년 뒤, 그는 폐암으로 쓰러져 43세라는 아까운 나이에 타계했다. 1990년 12월 어느 날 새벽녘 나는 꿈속에서 그를 보았다. 손을 흔들고 사라져가던 그의 표정은 밝았다.

조영래가 떠난 뒤 우리나라는 민주화의 길을 걸었다. 그러나 갈등과 대립은 더 심해졌다. 상대방이 싫거나, 내 편이 아니거나, 내 이익에 반하면 가차 없이 적敵으로 몰았다. 무려 500만 표가 넘는 압도적인 표차로 이겨놓고도 순식간에 무정부 상황에 직면한 2008년, 이명박 정부가 단적인 예다.

그때 밤늦게 청와대의 적막한 정원을 걸으면서 나는 조영래와 망원동 소송을 기억해냈다. 당시 그는 "모든 권력은 그냥 놔두면 남용되기 때문에 견제가 필요합니다."고 했다. 이와 함께 정의正義에 대해서도 같은 논지로 말했다.

"정의란 누구의 독점물도 아닙니다. 내가 스스로 정의롭다고 생각하는 순간부터 남용의 위험에 빠지게 됩니다."

그때는 이 말을 대수롭지 않게 여겼는데 지금은 절실하게 마음속으로 다가왔다. 인간은 스스로가 정의롭다고 생각할 때 도리어 불의에 빠질 수 있는 동물이므로 늘 자신을 경계하라는 것이 조변의 평소 지론이었다. 그 지론을 토대로 내 생각을 정리해봤다.

1980년대가 공권력이 강하고 민民이 약했다면, 지금은 정반대다. 일부지만 방종한 민의 행동은 실정법을 위반하거나, 공권력으로도 제어가 안 된다. 그러나 민에 의해 민을 견제하는 민사 소송은 가능하지 않을까…? 광화문 주민이나 상인들이 시위단체들의 일탈 행위에 대해 손해배상을 청구하는 것이다.

시인 안도현은 '연탄재'를 함부로 차지 말라고, '너는 누구를 위하여 그토록 뜨거워졌던 적이 있느냐.'고 물었다. 그러나 자기주장이 옳다고 혹은 자신이 정의라며, 시민들을 위해 꾸며놓은 화단과 잔디밭에 들어가 짓밟고 훼손하는 행동은 올바르지 않다.

법률적으로 시위단체의 배상책임을 입증하는 것은 쉽지 않다. 하지만 제동은 걸어야 했다. 지금 행동이 필요하다. 방법은 어렵지 않다. 망원동 수재 소송처럼 변호사와 사무장 두 사람만 있으면 된다. 신문 보도를 보니 마침 그런 움직임을 보이는 변호사와 시민단체가 있었다. 나는 청와대의 누구와도 상의 없이 개인적인 차원에서 그들을 만났다.

"청와대에서 근무하는 사람이기 이전에 대한민국의 한 시민으로서 이런 공권력 부재의 상황은 막아야 된다고 생각합니다."

홍보가 문제였다. 주민들이 나서서 시위대를 상대로 소송을 벌인다는 내용이 널리 알려져야 했다. 나는 신문사에 있는 지인들에게 전화를 했다.

"부탁이 아닙니다. 우리 공동체에 도움이 된다고 생각한다면 관심을 가져주셨으면 합니다."

신문들은 나의 예상을 훨씬 뛰어넘어 대대적으로 보도했다. 소송은 줄을 이었고, 마침내 8월 들어 MBC 엄기영 사장이 광우병 사태의 발단이 된 'PD수첩'에 대해 "오역, 과장이 있었다."고 사과방송을 했다. 이후 시위는 급속히 줄어들고 평화적으로 바뀌기 시작했다.

조용히 세상을 바꾸어 나가던 온유한 모습

인생에서 만난 수많은 사람 중 나는 조영래에게서 진정한 '사람다움'을 느꼈다. 그는 늘 조용했다. 목소리도 나직했다. 사유의 시간이 많았다. 재떨이에는 항상 담배꽁초가 수북했다. 그러나 행동하는 인간이었다. 자신의 유익이 아니라 모두의 '공동선'을 위해서라면 일신의 안위 따위는 그냥 던져버렸다.

조영래를 꿰뚫고 있는 성격적 특질은 무엇일까? 나는 '온유溫柔'라고 생각한다. 그는 성내지 않고, 오래 참고, 자신을 낮출 줄 알았다. 모진 민주화 투쟁에도 부정 대신 긍정을 이야기했고, 분노의 감정을 표출하기보다 절제했으며, 정의롭게 살면서도 스스로 정의롭다고 생각하지 않으려 애썼다. 어느 날 술자리에서 지인이 그를 비난하며 머리에 맥주를 끼얹어도 마치 '구도자'처럼 묵묵히 참던 모습이 지금도 눈에 선하다.

그 험한 시절, 수감되고 고문당하고 핍박받았던 조영래는 누구를 증오하거나 독설을 내뱉지도 않았다. 박정희 대통령 시해 사건이 발생했을 때 오히려 그는 조의를 표하자고 주장했고, 전두환 정권의 업적인 서울올림픽이 개최되자, "한민족 5000년 사에 길이 남을 엄청난 쾌거"라며 행복해했다.

지난날 힘든 시절을 겪었다고 해서 눈에 핏발을 세우고 이 세상을 미움으로 바라보는 사람들, 한때 자신들의 고난이 영원한 훈장인 양 제멋대로 행동하는 사람들, 심지어 이 땅에서 축복받고 존경받는 위치에 오르고서도 증오의 언어와 감정을 여과 없이 배출하는 21세기 지금의 모습은 조영래가 그리던 우리의 미래는 아니었다.

분노는 쉽다. 그러나 참고, 용서하고, 관대하게 행동하는 것은 어렵다. 나 스스로 세상살이가 힘들고, 심성이 강팍해질 때 30년 전 조용히 세상을 바꾸어 나가던 조영래의 온유한 모습이 생각난다. 그 조영래가 지금은 없다.

3

남을 용서할 줄 알아야 자신도 용서할 수 있다

노무현

토요일이라 늦잠을 자는데 전화벨이 울렸다. 오전 9시 조금 넘은 시각. 이상기(현 〈아시아엔〉 발행인) 전 기자협회장의 목소리다.

"형, 뉴스 들었어요? 노통이 자살했어. 자기 집 뒷산에 올라가서…."

"뭐라고?"

노무현 전 대통령이 아침 6시쯤 산책을 나간다며 경남 김해시 봉하 마을 자기 집 뒷산에 올라가 높이 42m 부엉이바위에서 뛰어내려 숨졌다는 것이다.

순간적으로 오지 말아야 할 상황이 왔다는 생각이 들었다. 당시 검찰은 노 전 대통령 측의 금품수수 의혹을 수사하던 중이었다. 결국 수사 압박을 견디지 못한 노 전 대통령이 비극적인 선택을 한 것이다. 가뜩이나 전직 대통령들의 말로가 좋지 않았는데, 그중 최악의 케이스가 추가된 것이다. 스스로 목숨을 끊다니….

그러나 한국적 정서로 볼 때 그동안 노 전 대통령에게 쏟아졌던 의혹이나 비판은 도리어 동정과 애도의 물결로 바뀔 것이다. 새삼 검찰의 '무리한' 수사가 실감났다. 검찰은 불과 1년 전까지 모신 전직 대통령임에도 불구하고 예우를 갖추지 않았고, 사실상 '흠집 내기' 수사를 하고 있었다.

'사고는 검찰이 쳤다. 그러나 그 대가는 고스란히 현 정권이 지겠구나.'

2009년 5월 23일 아침 풍경이었다. 나는 노 전 대통령을 만난 적이 없다. 그러나 묘한 인연이 있다.

밤샘 취재로 검찰의 법 절차 무시 확인

1987년 1월 서울대생 박종철 군 고문치사 사건이 발생한 뒤, 온 국민이 분노했다. 전국에서 동시다발적으로 항의 시위가 일어났다. 정부는 강경 대응으로 나왔다.

물고문으로 숨진 박군의 고향 부산에서도 2월 7일 오후 국민추도회가 열렸다. 경찰은 최루탄과 곤봉으로 시민들을 강제 해산시키고 주최 측 인사들을 대거 연행했다. 경찰의 무리한 진압에 성난 시민들은 이날 밤 늦게까지 시내 중심가에서 시위를 벌였다. 시위대는 총 2만 명이 넘었다. 1979년 '부마釜馬 사태' 이후 최대 인파였다.

2월 9일 저녁으로 기억되는데, 서울 서소문 법조기자실에 있던 내게 인권변호사 사무실에서 제보가 들어왔다.

"부산에 노무현이란 변호사가 있는데 검찰이 오늘 구속시킨다고 합니다."

나는 저녁을 먹고 대검청사(현 서울시 별관 건물)에 들러 10층 공안부 사무실로 올라갔다.

"고생들 많습니다."

연일 비상근무 중인 직원들에게 인사를 건넨 뒤 나는 구석 자리로 가 털썩 앉았다. 잠시 후 경비 전화를 슬며시 집어 들었다. 부산지검 당직실에 전화해 나지막한 목소리로 물었다.

"아…. 여기 대검인데…, 노무현 변호사 영장 발부됐어요?"

"어…. 그게 문제가 좀 생겨서. 담당 판사가 기각을 하는 바람에 다시 청구했습니다."

나를 대검 직원으로 잘못 안 부산지검 당직자는 순순히 설명을 했다.

"이미 보고 드린 것인데…. 오늘 꼭 구속시켜야 된다며 검사님들이 다른 판사님을 찾아갔고, 그분도 거절하니까 아예 수석 부장판사 댁으로 갔습니다."

순간 상황이 특이하게 전개되고 있음을 알 수 있었다. 통상 법원에서 영장이 기각되면 피의자는 바로 석방돼야 한다. 그러나 검찰은 법 절차를 무시하고 있었다.

나는 회사로 돌아와 이튿날 새벽까지 전화통을 붙들고 취재했다. 당초 노무현 변호사에 대한 영장은 폭력행위 등 처벌에 관한 법률 위반, 집회 및 시위에 관한 법률 위반 혐의로 9일 오후 부산지법에 접수됐으나 밤 10시쯤 당직인 한기춘 판사에 의해 '증거 인멸 및 도주의 우려가 없다.'는 이유로 기각됐다.

검찰은 이후 윤우정 부장판사에게 연락, 심야에 법원청사로 나오게 한 뒤 영장 발부를 요청했으나 윤 부장판사는 이를 심리한 뒤 "발부해줄 수 없다."며 거부했다. 그 후 검찰은 자정을 넘겨 10일 새벽 2시 반쯤 이번에는 조수봉 수석 부장판사 집으로 찾아가 발부를 요청했다가 거절당했으며, 네 번째로 홍일

표 부장판사의 집을 찾아갔으나 끝내 거절당했다. 검찰 사상 전무후무한 '하룻밤 네 번 영장청구 사건'은 그렇게 이뤄진 것이었다. 시계를 보니 이미 새벽 기사 마감시간은 지나갔다. 나는 고민에 빠졌다. 박종철 사건에 대한 국민적 분노를 증폭시키려면 방금 취재된 검찰의 '일탈행위'가 즉시 알려져야 한다. 그렇다면 뜨끈뜨끈한 오늘자 석간에 보도돼야 한다!

당시 중앙 일간지는 총 6개로 〈조선일보〉, 〈한국일보〉, 〈서울신문〉이 조간이었고, 〈동아일보〉, 〈중앙일보〉, 〈경향신문〉이 석간이었다. 마음 같아선 하루 뒤 아침, 내가 몸담은 〈조선일보〉에 '특종'으로 내보내고 싶었지만 취재를 알아챈 권력기관의 보도통제로 아예 못 나갈 가능성이 많았다. 당시 정권은 전화도청 등 여러 방법을 통해 기자들이 취재한 내용을 미리 알고 보도금지를 강요하곤 했다.

나는 속이 쓰렸지만 내가 밤새 취재한 내용을 석간신문 기자들에게 공개하기로 마음먹었다. 관계기관 등이 관여할 틈을 주지 않기 위해 일부러 기사 마감시간에 가까운 오전 10시 넘어 법조기자실에 사실을 알렸다.

〈동아일보〉, 〈중앙일보〉, 〈경향신문〉 등 석간 3개 신문은 낮 12시 발행되는 첫 판에 이를 크게 실었다. '하룻밤 새 네 번의 영장 기각'이란 제하로 대대적으로 보도되자 당초 영장을 재청구하려던 검찰은 그날 오후 노 변호사의 석방을 허락할 수밖에 없었다. 무명의 부산 변호사 노무현은 이렇게 처음으로 전국에 이름이 알려졌다.

이후 나는 이 사건을 잊고 지냈다. 그런데 이를 지켜본 동료 기자 김이택(현 〈한겨레신문〉 편집국장)이 2009년 노 대통령 자살에 관해 쓴 칼럼에서 내 취재

경위를 밝혔다. 또한 문재인 의원은 2012년 발간한 자신의 회고록 《문재인의 운명》에서 이 사건을 자세히 설명하고 "그 사건으로 노 변호사는 단숨에 전국적으로 유명해졌다."고 했다.

정권 바뀌자 노무현 향한 검찰의 칼끝

그때부터 언론의 스포트라이트를 받으며 '젊은 정치 스타'로 등장한 노무현은 1988년 제13대 국회의원에 당선된 뒤 '청문회 스타'를 거쳐 제15대 국회의원, 해양수산부 장관을 역임하고 2002년 12월 제16대 대통령에 당선됐다. 나는 노무현이 정치인으로 변신한 뒤 대통령으로 당선되기 전까지 그에 대한 몇 가지 선명한 인상을 갖고 있다.

1988년 국회에 들어온 노무현 의원은 당시 초선으로 함께 들어온 이인제, 이상수, 이해찬 의원 등과 함께 '5공 청문회' 스타로 부상했다. 그의 달변, 도전적인 성품, 서민적인 분위기, 거침없는 언행이 대중의 인기를 끈 것이다.

1989년 12월 31일 밤, 백담사에 유배 중이던 전두환 전 대통령이 5공 청문회에 나와 발언을 하다가 야당 의원들과 소동이 빚어져 퇴장하려는 순간, 노 의원이 그를 향해 자신의 명패를 집어던졌다. 이 광경은 TV 생중계를 통해 그대로 전국 안방에 전해졌다. 그때 나는 이런 의문이 들었다.

'비록 지금은 힘없고 죄인 취급을 받는다 하더라도, 어쨌든 전직 대통령인데 저런 식으로 분노를 폭발하는 것이 온당한 일인가? 그런 분노가 있었다면 군

사정권이 기세등등하던 유신과 5공 초기 때는 무얼 했는가….'

나는 노무현의 행동이 정당하게 느껴지지 않았다.

이듬해 1월 노태우(대통령, 민정당 총재), 김영삼(통일민주당 총재), 김종필(신민주공화당 총재)의 3당 합당이 이뤄졌을 때 노무현은 이를 '밀실야합'으로 규정하고 참여하지 않았다. 대신 이기택 등과 함께 '꼬마' 민주당을 창당하고 김대중 등과의 야권통합에 노력했다. 이후 여러 번 선거에서 떨어졌다.

1997년 말 김대중이 만든 새정치국민회의에 입당한 노무현은 이듬해인 1998년 서울 종로구 재선거에서 당선됐다. 그러나 2000년 16대 총선에서 "지역주의의 벽을 넘겠다."며 '정치1번지' 종로를 버리고 부산에서 출마했으나 낙선했다. 그의 이런 행보를 보면서 나는 그가 눈앞에 정치적 이익보다 대의大義를 위해 희생할 줄 아는 정치인이란 인상을 받았다.

노무현은 2002년 말 대선에서 우여곡절 끝에 한나라당 이회창 후보를 불과 57만 표 차로 누르고 승리했다. 그가 대통령으로 취임한 지 2개월여가 지난 2003년 5월 1일 노동절, 나는 노 대통령의 오른팔 격인 문재인 청와대 민정수석과 저녁을 하게 됐다. 주간지 편집장단과의 자리였다. 나는 당시 진행 중이던 화물연대의 불법 파업에 대한 의견을 개진했다.

"보수든 진보든 방법은 다르지만 부강하고 행복한 나라를 만들겠다는 목적은 똑같다고 생각합니다. 국민의 지지로 선출된 노무현 정부가 왜 화물연대의 일탈 행위를 방관만 합니까?"

문 수석의 논리가 묘했다.

"역대 정부는 그동안 민民에 대해 불법적 행동을 많이 자행했습니다. 때문

노무현 대통령이 2003년 9월 7일 청와대 춘추관에서 김두관 행자부 장관 해임 건의에 대한 자신의 입장을 기자들에게 밝히고 있다. [중앙포토]

에 노동계의 요구에 다소 무리가 있더라도 참고 인내해야 된다고 생각합니다."

국가운영은 관용이 아니라 원칙의 문제로 접근해야 하는 법이다. 그러나 그는 일국의 사법권과 법질서를 수호해야 하는 청와대 민정수석보다는 대한변협 인권위원장 같은 입장을 견지하고 있었다.

2시간에 걸쳐 토론을 나누면서 나는 문 수석이 비록 크고 선한 눈을 가지고 있지만 대한민국이라는 나라와 현대사를 결코 긍정적으로 바라보지 않는다는 사실을 발견했다. 아마도 그러한 부정적인 생각은 노 대통령도 마찬가지일 것이다. 그들은 대한민국의 민주주의 시스템과 절차에 의해 정권을 잡았음에도 여전히 뿌리 깊은 불신을 갖고 있는 것 같았다.

'아, 이들은 감사할 줄을 모르는구나….'

나는 바로 이 점에서, 노무현 정권이 자신들의 순수성과 열정에도 불구하고 향후 수많은 어려움에 직면할 것 같다는 생각을 지울 수 없었다.

이후 노무현 정권은 20%대의 낮은 지지율에 허덕였고, 치르는 선거마다 패했다. 결국 2007년 12월 제17대 대선에서는 야당인 이명박 후보가 여당인 정동영 후보를 531만 표 차로 이기고 당선됐다.

이명박 정권 1년차인 2008년 말 검찰의 칼끝은 노 전 대통령에게 향했다. 대통령 재임 중 노씨 일가가 태광실업 박연차 회장으로부터 미화 640만 달러(70억 원) 상당의 금품을 수수했다는 혐의다. 이듬해인 2009년 봄, 검찰은 노 전 대통령의 부인 권양숙 여사가 100만 달러, 조카사위인 연철호 씨가 500만 달러, 딸 정연 씨가 40만 달러를 박연차로부터 각각 받은 사실을 밝혀냈다.

이와 관련해 노 전 대통령은 4월 사과문과 함께 "아내가 한 일이다. 나는 몰랐다. 이렇게 말한다는 것이 참 부끄럽고 구차하다."는 등의 글을 자신의 홈페이지에 올렸다. 이후 권여사와 노 전 대통령이 검찰에 공개 소환됐고, 유학 간 아들딸 등 일가의 '부적절한 처신'에 대한 전방위적 조사가 전개됐다.

수사가 막바지를 치닫고 있던 5월 22일 금요일 저녁, 나는 청와대 동료들과 식사를 했다. 내가 청와대 문화체육관광비서관으로 자리를 옮긴 뒤 과거 몸담았던 민정수석실 식구들과 오랜만에 만난 것이다. 화제는 단연 노 전 대통령에게 쏠렸다. 청와대에서 검찰 담당부서가 민정수석실이라 넌지시 물어

봤다.

"검찰이 왜 그래? 기소도 하지 않고 어정쩡한 수사를 계속하면서…. 너무 한 것 아냐?"

솔직히 나는 검찰이 전직 대통령을 수사하는 방식이 마음에 걸렸다. 이 나라 정치풍토에서 손에 흙 한 점 묻히지 않은 정치인이 과연 몇이나 되겠는가? 더구나 상대는 국가원수를 지낸 이다. 전직 대통령이라 면죄부를 주자는 것이 아니라, 이렇게 사건을 질질 끌며 요란스럽게 수사하는 것은 정도正道가 아닌 듯싶었다. YS도 전두환, 노태우 두 전직 대통령을 '역사 바로 세우기'란 명목으로 감옥에 보냈지만, 결국 국정부담으로 부메랑을 맞았고 임기 말에 아들이 구속되고 외환위기를 맞는 치욕을 당했다.

"검찰이 양쪽 다 잡으려고 합니다."

"양쪽 다라니?"

"과거 권력 노통과 현재 권력 모두 말입니다."

검찰이 노통 쪽과 함께 MB의 대학 친구인 천신일 씨도 수사하고 있으며 나중에는 칼끝이 이상득 의원으로 향할 것이라는 얘기였다(실제로 그렇게 됐다).

"뭐야, 그러면 이 나라가 검찰 공화국이란 말이야? 검찰이 상지상上至上인…, 도대체 민정수석실은 뭐해?"

"지금 검찰이 청와대 말을 듣습니까?"

그런 대화를 주고받고 귀가한 다음 날 아침, 나는 노 전 대통령 자살 비보悲報를 전해 들어야만 했다.

용서는 남이 아니라 나 자신 위한 일

노무현은 비극적으로 세상을 하직했다. 왜 그런 선택을 했을까? 검찰 조사에서 나온 정도의 금품수수 의혹 때문에 그랬는가? 아니면 무리한 수사에 대한 격한 반발인가? 또는 우리가 모르는 대형 비리가 있었던 것일까? 아니다. 노무현은 솔직하고 강직한 성품의 소유자다. 뒤에서 음험하게 행동하거나 터무니없는 공격에 굴복할 사람은 아니다. 그렇다면 왜 그랬을까? 정치인이 되기 이전 삶을 되돌아보면 그는 평소 자신의 허물이나 단점은 물론, 남의 잘못이나 실수도 웬만하면 이해하고 넘어갈 줄 아는 넉넉한 성품의 소유자였다.

그러나 정치인이 되면서 노무현은 정의감과 개혁의지에 불타는 투사로 변모했고 세상에 대한 강한 비판의식을 나타냈다. 대통령 시절에도 그의 가치관에 맞지 않으면 상대가 누구이든 가차 없이 비판했으며, 자신의 감정과 생각을 여과 없이 표출했다. 대통령으로서 당연히 받을 수밖에 없는 비판과 질책도 못 견뎌 했다. 그러다 보니 서로 못 참고 비판하는 악순환이 계속됐다. 집권 기간 내내 적지 않은 갈등과 대립이 있었다.

당시 그는 스스로 정의롭다고 여긴 것 같았다. 사실 인간은 누구도 정의롭지 못한 데 말이다. 자신을 정의롭다고 생각하는 사람은 반대편에 서 있는 이들을 '불의不義'로 인식할 수 있다. 그들의 실수나 잘못을 지나치지 못하고, 가차 없는 비판과 적의를 표출할 수 있다. 어떤 대기업 사장은 그의 말에 충격을 받고 투신자살하기도 했다.

그런데 어느 날 평소 불의로 여기고 비판했던 것과 비슷한 모습을 자신이나 가족에게서 발견했다면 어땠을까…. 어느 날 자신도 정의롭지만은 않다는 사실을 깨달았을 때 겪었을 당혹감과 충격감은 어땠을까…. 그는 그런 자신을 용서하지 못한 것이 아닐까.

그의 죽음을 보면서 다윗왕이 생각났다. 그는 용감한 장군이요, 훌륭한 지도자였지만 그런 그도 일생일대 큰 죄를 저지른다. 부하장군의 아내 밧세바를 탐한 나머지 그 장군을 사지에 빠뜨려 죽게 만들고 그녀를 아내로 삼는다. 그 사이에서 태어난 아들이 솔로몬왕이다.

이 스토리만 보면 다윗은 대표적인 패륜아로 취급받아야 한다. 십계명에서 금한 간음, 살인, 거짓말, 도둑질 등의 율법을 크게 어긴 죄인이기 때문이다. 그러나 그는 모든 것을 용서받고 왕으로서 천수를 누리고 갔다. 구약성서는 물론 역사상 유대인들로부터 가장 존경받는 영웅이 다윗이다.

그는 어떻게 그런 대접을 받을 수 있을까?

유대인들은 그가 진심으로 참회했고, 공功이 워낙 컸다고 한다. 그는 재임 중 분열된 민족을 통일하고 국토를 넓혀 강대한 나라로 만들었을 뿐 아니라, 자신의 저지른 죄로 고난의 길을 걸으며 회개하고 극복해 나갔다. 그리고 그 과정도 유대인들에게 생생한 교훈이 되었다는 것이다.

그러나 인간적인 측면에서 볼 때 다윗은 평생 관용과 용서의 사람이었다. 청년 시절, 자신이 모신 사울왕이 터무니없는 오해로 자신을 집요하게 죽이려고 해도 그는 원한을 품지 않고 끝까지 용서했다. 자신을 반역해 쿠데타를 일으키고 사지死地까지 몰아넣은 친아들의 패륜도 용서했다. 결국 그가 평소 행한 용서가 결정적인 순간에 그를 '용서'해준 것이 아닐까. 이 고사故事는 인간이 얼마나 불완전하며, 그럼에도 불구하고 관용과 용서가 얼마나 중요한지를 극명하게 보여준다.

나는 노무현의 자살이, 비리보다는 스스로 자신을 용서하지 못했기 때문이라고 생각한다. 남을 용서하지 않은 이상 나도 용서받을 수 없다고 생각하지 않았나 싶다. 대통령으로서 그는 참을성이 많거나 온유하거나 관용적인 인간은 아니었다. 노무현은 투신자살 직전에 남긴 유서에서 이렇게 말했다.

너무 슬퍼하지 마라.
삶과 죽음이 모두 자연의 한 조각 아니겠는가?
미안해하지 마라.
누구도 원망하지 마라.
운명이다.

인간은 누구나 허물이 있다. 죄를 짓는다. 그러나 진심으로 뉘우친다면 포용하고 용서해야 한다. 물론 용서는 때로 엄청난 인내와 고통을 수반한다.

그러나 사실, 용서는 남이 아니라 바로 나 자신을 위한 일이다. 상처 입은 과거에 대한 치유요, 예측 불가한 미래에 대한 일종의 '보험'이기 때문이다. 노 전 대통령에 대해 아쉬움이 드는 이유가 바로 여기에 있다.

4

세상의 평판은 진실과 무관하다

김재명

4반세기 전, 그때 세상은 지금과 많이 달랐다. 지구상에서 가장 빠른 속도로 경제성장을 하던 개발도상국 시절에는 온갖 명목의 뇌물이 넘쳐났었다. 금융실명제나 공직자 재산등록도 없었다. 지금은 공무원이 어떤 이유로든 돈을 받으면 처벌받을 것을 각오해야 하지만 당시는 적당히 묵인되던 사회였다. 청와대 비서관실에 소형 금고가 있을 정도였다.

1988년 제5공화국 전두환 정권이 제6공화국 노태우 정권으로 바뀌면서 '5공 청산론'이 강하게 대두됐다. 민주화 바람이 불면서 군사 독재 정권하에서 부정축재를 저지른 '실세實勢'들을 사법 심판대로 보내자는 여론이 들끓었다.

초대 서울지하철공사 사장을 지낸 김재명도 그중 하나였다. 국정감사장에서도 집중 성토되었지만, 예비역 육군 소장 출신인 그가 육사 후배인 전두환 전 대통령의 비호 아래 전횡을 일삼고 막대한 이권을 챙겼다는 풍설이 파다했다. 그는 전 대통령 재임기간 7년 내내 서울지하철공사 사장을 지내며, 지금 서울 시내를 관통하는 2, 3, 4호선의 대부분을 건설했다.

당시 검찰에 출입하던 나는 '5공 비리'의 첫 타자로 그를 지목하고 대검 중앙수사부 검사에게 "수사합시다." 하고 의견을 냈다.

이미 내 머리에는 김 사장이 비리의 당사자란 심증이 굳어졌고, 마음속에는 군사 독재의 거악巨惡을 척결하겠다는 열정이 불타고 있었다. 특별수사의 베테랑이자 훗날 검찰 고위직까지 오른 그 검사는 수사를 시작하기로 결정했다. 하지만 아직 확보된 증거자료는 없었다.

여론을 띄우기 위해 내가 먼저 기사를 썼다. 마침 국회에서 조사 중인 내용을 근거로 '서울지하철공사 곧 수사'라는 제하로 신문 1면에 톱으로 보도했다.

그런데 이상한 일이 벌어졌다. 국회의 출석요구에도 불응하고 태국에서 여행 중이던 김 사장은 보도 소식을 듣고 일정을 취소하고 급거 귀국했다. 잘못이 없으니 직접 해명하겠다는 것이다.

검찰이 정예 수사요원을 투입해 조사에 나섰으나 잡히는 것이 없었다. 악소문은 풍성한데 입증되는 것은 하나도 없었다. 아주 교묘하게 비리의 흔적을 '세탁'한 것 같았다. 담당 검사는 난감해했다.

"도대체 뭘 가지고 조사하지?"

고관대작이 구멍가게서

외상 구입?

검찰 수사만 바라보지 않고 나도 직접 취재에 나섰다. 어느 날 저녁 늦게 김 사장의 상도동 자택을 찾아갔다. 산동네에 위치한 오래된 2층 양옥인데 고관대작이 사는 집치고는 너무 허술했다. 초인종을 누르니 행색이

초라한 아주머니가 나왔다.

"주인 계십니까?"

그녀의 대답은 뜻밖이었다.

"내가 주인인데요…"

처음에는 부정축재를 하는 사람들의 위장술인가 의심했다. 집으로 들어가 보니 보통 가정집 살림과 다를 바 없었다.

김 사장은 아직 들어오지 않았다. 소파에 앉아 부인과 이야기를 나눴다. 그녀는 남편이 워낙 고지식한 성격에 매사 군대식이라 직장에서나 집에서나 문제가 많다고 솔직하게 말했다.

"아침 6시에 일어나 약수터에 갔다 와서 식탁에 앉았을 때, 아침밥이 1분 1초라도 늦으면 불호령이 떨어져요. 그러니 주위 사람이 누군들 좋아하겠어요?"

그러나 군대 시절에도 월급 외에는 손을 안 대는 '원칙주의자'로 유명해 그 때문에 전 대통령에게 발탁된 것 같다고 말했다.

그날 밤늦게까지 기다렸으나 김 사장은 들어오지 않았다. 이후 연속 이틀간 그 집을 찾아갔다. 차려주는 음식을 먹으며 김 사장의 팔순 노모를 비롯해 식구들과 이야기를 나눴고, 수사관처럼 방 하나하나를 다 들어가 보았다.

주변 동네 사람들도 탐문조사 했다. 이웃들은 부인이 시장에도 잘 안 가고 동네 구멍가게에서 물건을 살 정도로 검소하게 산다고 증언했다. 구멍가게를 찾아갔다. 김 사장네는 두부 · 계란 · 설탕 · 밀가루 · 비누 등을 외상으로 사서 월말 봉급날 일괄 계산했다(그때 서민 동네에선 흔히 그랬다). 구멍가게 주인이 보여주는 외상장부 액수를 보니 고작 몇 만 원이었다.

취재결과 김 사장은 의혹과 달리 오히려 매우 청빈한 사람이었다. 엄청난 이권이 걸려 있는 사업을 진행하면서도 업자들이 주는 막대한 '떡값'을 외면했고, 권력 실세들의 부탁도 거절했다. 게다가 불같은 성격, 군대식 사고방식과 행동 등은 불에 기름을 붓는 격이 됐다. 이러니 권력자도, 업자도, 직원도 그를 좋아할 리 만무했다. 한국적 상황에서 그는 안팎으로 적을 만들었고 그것은 악성 루머로 부풀려졌다.

수사 검사도 "우리가 사람 잘못 봤어."

그를 직접 만나지는 못했지만 나는 한 가지 확실한 사실을 깨달았다. 비리를 저지를 사람이 아니라는 점이었다. 수사 검사도, 나도 고민에 빠졌다.

"우리가 사람을 잘못 찍었어…!"

그러나 검찰이 이제 와서 포기할 수는 없었다. 이미 정치권과 언론은 사법처리를 기정사실화하고 있었다. 한국적 현실에서 검찰이 수사하겠다고 칼을 빼어들었다면 반드시 구속을 시켜야 한다. 그렇지 않으면 마치 검찰이 감싸거나 제대로 수사하지 않은 것으로 오해를 받는다.

결국 그는 여론의 희생양으로 구속됐다. 고작 고향 후배 회계사가 연말 인사치레로 200만 원을 건넸다는 사실 등으로 말이다.

처음부터 그에 대한 수사를 촉구하고 보도를 주도했던 내 마음이 편할 리가 없었다. 형식적으로는 오보가 아니지만 실질적으로는 오보 아닌가? 기자로서 도와줄 수 있는 유일한 방법은 바로 김 사장에 대한 해명기사를 솔직하게 쓰는 것뿐이었다. 나는 부장에게 자초지종을 설명했다. 부장은 한참 나를 쳐다보다가 한마디 했다.

"써봐."

나는 그가 구속되던 날 해설기사를 통해 그간 취재한 내용을 실었다.

'엄청난 비리라는 소문만 요란했을 뿐 실제 밝혀진 것은 판공비 횡령 정도다. 당초 5공 정경유착 차원에서 수사했으나 사장 임기 7년 동안 뇌물 200만 원은 의외였다. 김씨의 집은 15년 전 산꼭대기에 직접 지은 것이며 가족이 자가용차를 타고 다니지 못하게 할 만큼 가족 관리에 철저했다. 김씨 주변에선 그를 일밖에 모르고, 타협이나 로비와는 거리가 먼 인물로 보고 있으며….'

뇌물 잘 먹고 잘 쓰면 칭찬받던 시절

이 사건을 계기로 확실하게 체득한 점이, 우리나라에서만 통하는 '돈의 사회학'이었다. 뇌물 관행에 익숙한 구성원들은 공범의식으로 서로 묵인해주는가 하면 "내가 받으면 떡값, 남이 받으면 뇌물"이라는 이중 잣대로 사안을 해석하곤 했다.

당시 노련한 검찰 수사관들은 수뢰공직자 유형을 크게 세 가지로 나눴다.

첫째, 뇌물을 잘 먹고 잘 쓰는 사람. 대표적인 부패 공무원이지만 아이러니

전두환 대통령 시절 지금의 서울시 지하철 2, 3, 4호선 대부분을 건설한 김재명 전 서울지하철공사 사장은 세간의 평판과 달리 원칙주의자요 청빈한 사람이었다. [조선일보]

하게도 가장 구설에 오르지 않고 출세도 잘하는 유형이다. 돈을 바치는 대로 업무처리가 확실해 업자로선 아주 반가운 상대다. 주변 동료나 상사도 잘 쓰고 함께 나눠 먹는 스타일을 싫어할 이유가 없다. "그 사람 화끈해.", "사람 좋아." 등의 평판을 얻는, 이른바 '전두환 스타일'이다.

둘째, 받기는 하되, 안 쓰는 사람. 이런 노랑이 스타일에 대해선 대개 주변 동료들이 암묵적으로 비판한다. 그러나 업자들은 침묵을 지킨다. 돈을 받았으니 언젠가는 도와주겠지 하며 기대한다. '노태우 스타일'이다.

셋째는 받지도 않고 쓰지도 않는 사람. 어찌 보면 청백리감으로 표창을 받아 마땅할 사람이 오히려 가장 구설에 자주 오르고, 구속될 확률이 높다. 이런 유형은 업자들에게 요령부득이다. 만나주지도 않고 도대체 로비가 통하지 않는다. 동료들에게도 '눈엣가시'다. 흔한 회식자리조차 마련하지 않는다. 이 때문에 그 자리에서 쫓아내기 위한 갖가지 루머와 투서가 횡행한다. 김 사장은 불행하게도 이 범주에 속했다.

더불어 나는 세상의 평판reputation이 결코 정확하지 않다는 사실을 절실하게 깨달았다. 한 사람을 놓고 내리는 세상의 평가가 얼마나 불완전하며, 그 다중집합多衆集合 격인 여론도 때로 그 사람의 진면목과 180도 상반되게 나올 수 있다는 것을 실감했다. 비록 김 사장 집을 찾아가 실상을 확인해 보도하기는 했지만, 어쨌든 나는 세상의 여론만 듣고 한 사람을 구속시키는 데 상당 부분 기여한 셈이었다.

그때 나는 스스로를 '정의의 사도'로 착각했던 것 같다. 내가 스스로 선善이라고 생각하니 반대편에 있는 사람은 모든 게 악처럼 보이는 법이다.

내 잘못 인정한 덕에 인연으로 승화

김 사장이 구속된 후 1년쯤 지났을까, 어느 날 오후 전화 한 통이 걸려왔다.

"나 김재명입니다. 신문사 앞 코리아나호텔 커피숍에 있으니 잠깐 봅시다."

나는 깜짝 놀랐다. 그의 전화 목소리는 마치 '저승사자'처럼 들렸다. 그 깐

깐한 성격으로 내게 화풀이를 하고 행패라도 부린다면…. 참으로 난감했다. 피할 수도 없고, 정말 도살장에 끌려가는 소의 심정으로 사무실을 나섰다. 커피숍 문을 열고 들어가는 순간, 저만치 김 사장 내외가 일어서는 모습이 포착됐다.

김 사장은 내 예상을 깨고 정중하게 인사하며 공손하게 손을 내밀었다. 그는 항의하러 온 것이 아니라 감사하러 온 것이었다. 그는 자신이 구속되던 날 내가 써준 기사 덕분에 자신의 명예가 회복됐다고 거듭 감사의 뜻을 표했다.

당황한 것은 오히려 나였다. 내가 검찰 수사를 촉발시킨 장본인이며 죄송하게 됐다고 말했지만 그는 고개를 저었다. 자신은 어차피 미운털이 박혀 정치적 희생양이 될 수밖에 없었다는 것이다. 도리어 그는 작은 선물 꾸러미를 내게 전했다.

"기자님도 나처럼 일에 미쳐 부인한테 잘해주지 못할 것 같은데 아주머니께 꼭 전해주세요. 감사의 표시로 드리는 제 작은 정성입니다."

순간 내 마음속에 뜨거운 무엇이 치밀었다. 동시에 마음 한구석 어딘가에 묵혀 있던 체증滯症이 일순간 빠져나가는 느낌이 들었다. 아, 세상 일이 이렇게 해피엔딩으로 반전될 수도 있구나!

자칫 평생 악연惡緣으로 이어질 수도 있었던 김 사장과의 인연은 그가 세상을 뜰 때까지 17년간 이어졌다. 명절 때마다 고향에서 키운 버섯을 선물로 보내주는가 하면, 내가 신문사를 나와 고생하고 있을 때는 찾아와 밥을 사고 격려해주었다. 마지막으로 우리는 그의 육사 후배인 고명승 대장과 함께 을지로 평래옥에서 냉면을 먹으며 시국 이야기를 나눴다. 몇 달 뒤 그는 타계했다.

지금 돌이켜볼 때 만약 그가 구속되는 상황에서 내가 모른 척하고 넘어갔다면 어떻게 됐을까? 아마도 내 평생 부끄러운 일로 남았을 것이요, 김 사장도 원망과 한탄 속에서 살았을지 모른다.

살다 보면 누구나 실수나 잘못을 저지른다. 문제는 이후에 어떻게 대처하느냐다. 나는 잘못을 정직하게 인정하고 만회하려고 노력했다. 잘못을 인정하는 것이 당장은 어렵지만 먼 훗날 돌아보면 가장 현명한 방법이란 것을 깨닫게 됐다.

인생은 변화무쌍한 것 같지만 단순한 원리로 움직인다. 내 양심에 '주홍글씨'처럼 남았을 수도 있었던 그 사건, 원한으로 끝날 수 있었던 그 인간관계가 드라마틱하게 역전된 것은 바로 '정직'을 선택한 덕분이었다.

우리가 매사 정직하고 진실할 수는 없다. 그러나 그런 마음을 가지고 살려고 노력한다면 세상은 지금보다 훨씬 더 풍요로워지지 않을까. 그런 의미에서 정직은 아름답다. 사람이 가지고 있는 가장 강한 힘 중 하나다.

5

진정한 무사는 결불을 쬐지 않는다

이명재

전두환을 중심으로 한 신군부 세력이 집권한 1980년도 저물어가는 12월 말, 이영섭 대법원장은 이날 저녁 대통령 안가安家에서 열리는 망년회에 참석해달라는 전갈을 받았다.

저녁 7시, 이 대법원장은 청와대의 요청대로 지정 장소인 효자동 모처에 도착했다. 자동차도, 비서도 돌려보낸 채, 추운 겨울날 컴컴한 길에 혼자 서 있었다. 얼마 후 신사복을 입은 청년이 다가와 "대법원장이시냐?"고 묻더니 앞장서서 걸었다. 꾸불꾸불한 골목길을 따라 얼음이 저벅저벅 밟히는 빙판길을 한참 걸어가던 청년이 어느 평범한 주택 앞에 멈춰 섰다.

"들어가시죠."

그러나 대문으로 들어가는 것이 아니라 담 옆에 있는 차고로, 그것도 셔터가 반쯤 내려져 있는 깜깜한 곳으로 안내하는 것이 아닌가. 이 대법원장은 할 수 없이 고개를 숙이고 옹색하게 안으로 들어갔다. 차고를 통해 실내로 안내된 이 대법원장은 먼저 와 있는 정권 실세들과 멋쩍은 표정으로 인사를 나눴다.

10분 후 전두환 대통령이 도착하자 곧 주연이 펼쳐졌다. 특별한 얘기도 없이 맥주잔에 따른 양주가 스트레이트로 쉴 사이 없이 돌아가다 보니 불과 20~30분

만에 분위기가 거나해졌다. 이어 밴드와 연예인들이 들어와 여흥이 펼쳐졌다. 코미디언 쓰리보이(신선삼), 가수 나미, 박경희 등이 보였다.

워낙 술을 못하는 이 대법원장이 계속 돌아오는 잔을 제대로 비우지 못하자 전 대통령으로부터 "여태껏 술도 못 배웠느냐?"는 핀잔을 들어야 했다. 주변 인사들이 너도나도 전 대통령에게 가 술잔을 권하자, 이 대법원장도 다가가 술 한 잔을 권했다. 전 대통령은 힐끗 쳐다보더니 갑자기 이 대법원장의 팔을 꽉 잡고 말했다.

"그때 대법관들 집 다 알아뒀소."

이 대법원장은 가슴이 철렁 내려앉았다. 1979년 10 · 26 사태를 일으킨 김재규 전 중앙정보부장 일당을 사법처리하는 데 있어 대법원이 미온적으로 대처했다는 질책의 표시로 느껴졌기 때문이었다.

이 대법원장은 이듬해 1981년 4월 초순, 일방적으로 사임 통고를 받고 물러나야 했다. 4월 15일 퇴임식 때 이 대법원장은 이렇게 말했다.

"지난날을 돌아보면 모든 것이 회한과 오욕으로 얼룩진 나날들이었으며, 다시 태어난다면 다시는 법관의 길을 걷지 않겠다."

나는 그로부터 9년 뒤인 1990년 4월, 변호사로 활동하는 이 전 대법원장을 만나 신군부로부터 받은 핍박 내용을 자세히 전해들을 수 있었다.

그때는 그런 시절이었다. 신군부 세력의 말을 듣지 않으면 판사는 물론, 대법관, 대법원장도 온갖 수난을 당하고 옷을 벗어야만 했다. 권력의 대리인인 기관원들이 '조정관'이라는 직함으로 법원에 상주해 권력의 입맛에 맞게 사법부를 다뤘다.

3권이 분립된 나라에서 사법부가 이러니 행정부는 더 말할 나위가 없었다. 검찰은 신군부 권력의 입맛에 맞는 법률자문 및 수행기능을 하고 있었다. 검찰은 이른바 '특상特上 보고'라는 형식으로 자신들의 활동내용과 수집된 정보를 매일 청와대에 알렸다. 안기부와 보안사에서 파견된 조정관들은 검찰 수사에 일일이 간섭했다. 검찰로서도 '회한과 오욕의 나날들'이었다.

이 답답한 현실의 탈출구가 특별수사 활동이었다. 검찰의 목적은 크게 3가지로 나뉜다. 범죄 예방과 척결, 사회 정의 실현, 국가 기강 확립 등이 그것이다. 검사들은 대개 특수부를 선호했다. 사회 거악巨惡 척결을 통한 정의 실현이야말로 그들의 꿈이었기 때문이다.

그러나 수사는 자칫 정권의 부담을 크게 할 수 있다. 수사 대상이 신군부 통치 세력과 직간접으로 연결되어 있는 경우가 있는데, 그런 대상을 수사하다 보면 그 유착관계들이 들춰질 수밖에 없기 때문이다. 그럴 경우 검찰은 수사를 할 것이냐 말 것이냐를 놓고 기로에 서게 된다. 아무리 수사를 잘한다 하더라도 이 같은 정치적 회색지대의 문제를 매끄럽게 풀지 못하면 도리어 큰 화禍를 입을 수 있다.

1981년, 서울지검 특수부의 저질 연탄 수사가 그랬다. 개발도상국 시절 국민들의 주 연료인 연탄이 업자들의 농간에 의해 부실하게 만들어지자 검찰이 칼을 빼들었다. 수사를 하다 보니 동력자원부 등 관계 부처 공무원들과의 유착관계가 드러났다.

처음에 박수를 치던 여론은 이때부터 정부에 대한 원성으로 바뀌게 됐다. 특수부 검사들은 상은커녕 권부로부터 질타를 받고 줄줄이 좌천을 당해야만 했다. 이후 중앙부처 과장급(서기관) 이상 구속은 미리 청와대 승인을 받아야 했다. 검사들이 불철주야 노력해서 고위 공무원의 비리를 캐내도 청와대 민정수석실에서 "노No!" 하면 더 이상 수사할 수가 없었다.

1980년대 중반부터 시국사건이 봇물처럼 터져 나왔다. 1985년 미문화원 농성사건과 삼민투 사건, 1986년 부천서 성고문 사건…. 국가 기강을 담당한 공안부가 해결사로 나섰다.

경찰이 시위 관련 학생들을 체포하고 영장을 신청하면 검사들은 기계적으로 법원에 영장을 청구하곤 했다. 안기부 대공수사국이 나서서 학생들 배후 세력을 캐내 운동권 간부들을 수사해오면 검사들이 법률적 뒤치다꺼리를 했다. 당시 공안검사의 방은 불이 꺼질 줄 몰랐다.

1986년 말 건국대 점거 농성사건 때, 무려 1,295명의 학생이 한꺼번에 구속되기도 했다. 법조 출입기자였던 나는 공안부를 '구속 제조공장'이라고 불렀다. 이런 상황이라 기자 대 공안검사 간에는 미묘한 대립관계가 성립되지 않을 수 없었다. 학생들의 민주화 운동을 지지하고 있는 대부분의 기자들은 공안부 검사들에게 이렇게 말했다.

"민주화를 부르짖는 학생들의 주장은 정당하다. 이를 실정법 위반으로 몰아 감옥에 넣는 것은 국가 공권력의 남용이다."

이에 대해 공안부 검사들의 반응은 이랬다.

"그들은 체제의 존립을 위태롭게 하는 범법자다. 우리는 분단국가다. 사회

안정과 국가 보위를 위해선 학생이라도 예외는 없다. 더구나 북한의 사주나 조종에 의한 경우도 있다."

보통 특수부 검사들과의 술자리는 정치색이 배제된 가운데 서로 의기투합해 떠들썩하고 즐거웠던 반면, 공안부와의 술자리는 늘 긴장감이 감돌았다. 대화가 언쟁으로 바뀌고 이어 고성이 오가다 주먹다짐 일보 직전까지 가는 경우가 적지 않았다.

1986년 어느 날, 공안검사들과의 회식 자리였는데 서울로 갓 부임한 검사가 '폭탄주'를 선보였다. 지금은 흔해졌지만 그때만 해도 맥주에 양주를 섞어 마시는 주법은 생소했다. 기자들은 그때 처음 폭탄주를 접했다. 금세 술자리가 달아오르면서 호기가 발동했다. 평소 밉상으로 느껴지던 공안부 검사들을 골려줄 기회라고 생각했다. 나는 그 검사에게 건배 제의를 했다.

"오늘 새로운 술로 기자실을 위무해준 검사께 답례로 내 마음을 담아 드리고 싶습니다."

모두 박수 쳤고 그 검사는 흐뭇한 표정을 지었다. 나는 새로운 제의를 했다.

"그런데 그냥 폭탄주는 재미없고 맥주잔에 양주를 붓고 원샷 합시다."

순간 검사들이 "무식하다."며 항의했다.

"그럼 폭탄주는 유식하단 말입니까?"

그렇게 대꾸하고 나는 위스키를 두 잔 가득 따라 나부터 들이켰다. 그렇게 마시긴 내 생애 처음이자 마지막이었다. 그 검사도 마지못해 마셨다. 흥겨워했던 얼굴빛은 잔뜩 흐려져 있었다. 나는 나지막한 목소리로 말했다.

"공안검사 똑바로 해!"

그는 몇 분 후 나가더니 돌아오지 않았다(이후에도 되도록 나를 피했다).

조용한 설득형 수사로 상대를 납득시켜

그때는 이렇게 기자들과 검사들이 술판에서 힘겨루기를 하는 경우가 적지 않았다. 검사들은 그 어렵다는 사법시험에 합격한 엘리트 중의 엘리트였다. 당연히 자신감이 대단했다. 상대방을 쏘아보는 눈빛, 호기롭거나 권위적인 태도, 뛰어난 언변…. 그리고 법조계에도 '스폰서 문화'가 있었다. 지연, 학연으로 얽힌 변호사나 기업에서 검사들의 술값이나 뒷돈을 대주는 경우가 있었다. 이 때문에 술 문화, 회식 문화가 발달했다.

그러나 대검 검찰연구관으로 근무하던 이명재 검사는 달랐다. 1985년께 그는 이미 특별수사의 귀재로 소문나 있었으나 '강골' 검사의 모습은 전혀 없었다. 목소리도 조용조용했고, 말을 하기보다 듣는 자세였다. 늘 자신을 낮췄다. 모범생이거나 마음씨 고운 선비 같았다. 그는 스폰서 문화나 룸살롱과도 거리가 멀었다. 지인을 만나도 서소문 근처 조용한 일식집이나 중국집에서 가볍게 한잔하는 것이 전부였다.

1987년 민주화 이후 검찰은 안기부를 제치고 사정司正의 중추기관으로 부상했다. 공안부가 지고 특수부가 떠올랐다. 이명재는 대검 중앙수사부 과장과 서울지검 특수부장을 역임하면서 '5공 비리' 등 대형 수사를 주도했다.

그의 수사는 '강압형'이 아니라 '설득형'이었다. 특유의 조용한 말투로 상대방을 안심시킨 뒤 치밀한 증거와 인간적인 설득을 통해 자백을 받아낸다. 피의자에게 제때 식사를 제공해주거나 겨울철에 따뜻한 난로를 피워주는 배려도 잊지 않았다. 그는 내게 이렇게 말했다.

"구속되는 사람이 스스로 왜 구속되는지를 납득해야 성공한 수사다."

민주화 이후 대통령이 바뀔 때마다 검찰에는 새로운 인맥이 형성됐다. 예를 들어 노태우 정권 때는 TK(대구, 경북), 김영삼 정권 때는 PK(부산, 경남) 인맥이 득세했다. 덕분에 실력은 모자란데 대외관계는 활발한 '정치검사'들이 대거 등장했다. 이런 모임을 주도하는 검사들은 든든한 스폰서들을 거느리고, 학연, 지연으로 얽혀 각계에 포진한 선배들의 비호를 받았다. 그러다 보니 자연스럽게 후배들의 보직이나 술자리, 봉투를 챙겨주고 보스로 군림했다.

이명재는 응집력이 강한 TK 출신이지만 이런 풍조에 휩쓸리지 않았다. 이 때문에 "너무 개인적으로 처신한다."는 비판도 받았다. 이런 중립적 태도 덕분인지 그는 1998년 김대중 정권이 들어선 뒤 대검 중앙수사부장으로 임명됐다. 호남 정권의 '칼'로 영남 출신이 발탁된 것이다.

진정한 무사는 결불을 찌지 않는다

김대중 정권 4년차이던 2001년 봄, 홍콩특파원이던 내게 신문사에서 전화가 걸려왔다.

"사회부장이 됐으니 내일 당장 들어오게."

이명재 검찰총장이 2002년 11월 5일 퇴임식을 마치고 검찰청 직원들의 인사를 받으면 청사를 떠나고 있다. [조선일보]

당시 세간에서는 김대중 정권이 '언론 개혁'을 명분으로 자기들에게 호의적이지 않은 〈조선일보〉, 〈중앙일보〉, 〈동아일보〉 등 보수신문들을 세무조사를 통해 손볼 것이라는 추측이 파다했다. 정권과 한판 승부를 하게 된 신문사의 '대표선수' 중 한 명으로 검찰 출입 경험이 있는 내가 선발된 것이다.

귀국해서 오랜만에 접한 검찰은 과거의 검찰이 아니었다. 좀 심하게 얘기하자면 '권력에 만취한' 모습이었다. 수뇌부에 앉아 있는 호남 출신 검사들은 과거의 반듯하고 절제된 모습들이 아니었다.

전, 현직 검찰총장과 간부들은 여러 사건에 연루돼 구속되거나 조사를 받고 있었다. 심지어 과거 한솥밥을 먹던 선후배끼리 서로 다투는 바람에 청와대 민정수석과 법무부 차관을 지낸 인사가 구속되는 사태까지 벌어졌다.

검찰 간부가 기자인 내 앞에서 권력 실세를 대놓고 "형님"이라고 지칭하는가 하면, 수사 중인 자신의 친인척 비리사건을 놓고 "잘 써달라."고 부탁을 하기도 했다. 심지어 조폭들과 '형님동생' 하는 이도 있었다. 나는 이런 모습에 깜짝 놀랐다. 그 전 검찰 역시 바람직스럽지는 않았지만 이 정도까지 거칠고 무절제한 모습은 아니었다.

이런 상황에서 김대중 대통령은 2002년 1월, 신승남 검찰총장을 중도 하차시키고 검찰을 떠나 변호사 생활을 하던 이명재를 검찰총장으로 임명했다.

이명재는 8개월 전 서울 고검장으로 있다가 신승남 검찰총장 체제가 되자 사표를 내고 나왔다. 다음 검찰총장을 기대할 수 있는 위치인데도 후배들을 위해 '용퇴'를 했다. 그런 그가 권력 말기 온갖 악재에 휩싸인 DJ 정권의 구원투수로 발탁된 것이다. 집권 말기 권력 누수 현상에다 대통령 아들들을 둘러싼 비리 의혹까지 터져 나오는 판에, 김 대통령이 검찰을 떠난 TK 출신 인사를 사정기관의 총수로 앉힐 수밖에 없을 만큼 상황이 위중했던 것이다.

평소 과묵하던 이명재 검찰총장은 취임사에서 뼈 있는 말을 남겼다.

"진정한 무사는 추운 겨울날 얼어 죽을지언정 곁불을 쬐지 않는다…."

검사들의 명예심을 촉구한 이 말은 동시에 스스로에 대한 다짐이기도 했다. 그는 취임 후 사물私物을 단 한 개도 가져오지 않았다. 책장에 책 한 권 꽂혀 있지 않았고, 매일 들고 다니는 '007가방'이 전부였다. 언제든지 총장직에서 떠날 각오가 돼 있다는 표현이었다. 그의 지시는 단 두 마디였다.

"최선을 다해 수사해라."

"책임은 내가 진다."

이명재의 검찰이 가동되면서 난파선 같았던 검찰 분위기가 바뀌었다. 그 해 5월 김대중 대통령의 삼남 홍걸 씨가 알선수재 혐의로 구속됐다. 그리고 6월, 차남 홍업 씨마저 구속됐다. DJ 정권의 최고 실세 권노갑 씨도 구속됐다. 당시 정치적으로 여당은 상당히 수세에 몰린 상황이었다. 칼끝은 내부로도 향했다. 전직 검찰총장과 광주 고검장이 수사기밀 누설 혐의로 불구속 기소됐다. 여론은 환호했다. 그러나 청와대 반응은 부정적이었다.

"잘 마무리하라고 맡겼는데 총장이 아랫사람들한테 끌려 다니기만 한다."

나는 〈주간 조선〉 편집장으로 있으면서 이 총장을 집중보도했다. 2002년 5월, 김대중 대통령의 자식들에 대한 사법처리로 고심하고 있을 때 '국민이 주시하는 이명재 검찰 – 일생일대 결단준비!' 란 제하의 기사를 커버스토리로 다루면서 사실상 구속을 촉구했다.

그리고 이 총장이 그해 여름 검찰 인사에서 소외당해 곤경에 빠졌을 때, 다시 커버스토리로 '검찰총장 왕따작전 – 이명재 vs. 김정길' 을 보도했다. 원래 검찰 인사는 법무부 장관과 검찰총장이 상의해 하는 것이 관례인데, 이번에는 법무장관의 일방적인 인사가 된 것을 꼬집은 것이었다.

어느 날 나는 이 총장에게 전화를 걸었다.

"별일 없습니까?"

"잘 있는데 언론이 그렇게 보지 않네요."

그는 내게도 속내를 드러내지 않았다.

당초 이명재는 자신을 임명해준 대통령의 두 아들을 구속시킨 후 7월경에 사의를 표명했으나 반려됐다. 그러나 그해 11월 검찰 피의자가 가혹행위로 사망하는 사건이 발생하자 "내 책임"이라며 또다시 사표를 냈고, 청와대도 수리하지 않을 수 없었다.

이후 10여 년의 세월이 다시 흘렀다. 검찰은 2003~2004년 송광수 검찰총장과, 안대희 중수부장 시절 '대선자금' 수사로 세간의 박수를 받은 이후 국민의 관심에서 멀어져갔다. 오히려 2011년 벤츠 여검사 사건, 2012년 부장검사 10억대 뇌물수수 사건, 검사－피의자간 부적절한 성관계 사건, 검찰총장 대 중수부장 정면충돌, 2013년 검찰총장 혼외자식 파문, 법무차관 성접대 의혹, 국정원 댓글 수사 관련 검찰 내 분란 등 추문이 끊이지 않고 일어나고 있다.

권력과 욕망이 춤추는 칼날 위에서도 초연

도대체 왜 이런 일이 벌어지게 된 것일까? 그 이유는 우리나라 검찰의 권한이 세계 최고로 막강하기 때문이다. 사실 우리 검찰에는 권력이 지나치게 집중돼 있다. '수사→구속→기소→재판'에 이르는 전 과정을 검찰이 완벽하게 통제하는 나라는 한국밖에 없다.

미국의 경우 수사는 경찰 몫이고, 검찰은 기소 후 재판을 책임지는 게 보통이다. 우리나라처럼 경찰이 검찰 밑에 있는 것이 아니라 서로 동등한 입장이다. 이웃 일본도 경찰이 독자적으로 수사하고 있다. 그러나 우리나라에서는 검찰이 이 모든 것을 틀어쥐고 있다고 해도 과언이 아니다.

권력의 집중은 반드시 부패를 부른다. 이 때문에 권력은 '견제와 균형check & balance'이 필요하다. 이 단순한 원리를 우리 사법제도는 간과하고 있어 21세기인 지금에도 검찰을 둘러싼 온갖 스캔들과 분란이 벌어지고 있다.

지난 30년간 수많은 검사들의 부침浮沈을 지켜보았다. 실력과 인격, 정의감을 가진 검사들이 하루아침에 무너져 내리는 모습도 목격했다. 검사 박봉으로는 노부모 봉양이 어려워 조용히 변호사로 나가는 모습도 보았다. '정의의 사도'인 줄만 알았던 특수부 검사 중에 공명심으로 가득 찬 속물도 있었고, '권력의 주구' 공안부 검사 중에 애국심에 불타는 인물도 있었다.

이명재는 검사에서 총장에 이르기까지 정도正道를 걸었고, 존경받는 인물 중 한 명이다. 평검사 시절부터 각광받았지만 잘난 체하거나 수사에 과욕을 부리지 않았다. 간부가 돼서도 특정 인맥에 줄을 대거나 어설픈 보스 흉내를 내지 않았다.

그는 총장직을 눈앞에 두고 스스로 후배들을 위해 법조계를 떠났다. 총장으로 돌아와선 짧은 기간이지만 누구라도 다루기 쉽지 않은 통치권의 비리를 파헤치고 스스로 물러났다.

대체 그의 힘은 어디서 나오는 것일까? 나는 절제節制라고 생각한다. 그는 교만과 공명심을 절제했고, 더 높이 올라가려는 권력에 대한 욕망을 절제했다. 평검사 시절부터 금전적 유혹, 술, 여자, 향락 등 모든 인간적 욕망과 거리를 두려고 애썼다.

나는 그의 뒷모습을 모른다. 그도 허물이 있을 것이다. 그러나 권력과 욕망이 춤추는 칼날 위에서 그처럼 온전한 모습을 유지하고 산다는 것은 정말 쉬운 일이 아니다.

그는 언젠가 인생에 대해 이렇게 말했다.

"어차피 참고 걸어가는 먼 길이다. 인생의 절정기에 있던 인사들이 한 발자국 더 나가겠다고 욕심을 부리다 나락으로 떨어지는 것을 무수히 보았다. 분수를 지키는 게 행복한 인생이다."

그와 나는 만난 지 30년이 넘는 사이이다. 만나면 주로 내가 말을 하고 그는 듣는 편이다. 내가 흥분하면 그는 빙그레 웃으며 지켜볼 뿐이다. 그런 그와 헤어질 때마다 드는 생각이 있다.

'저 사람 반만 따라갔으면 좋겠다….'

6

인간 내면의 폭력성은 어디에서 기원하는가?

김태촌

"전국 3대 폭력조직으로 꼽혔던 범서방파 두목 김태촌 씨가 지병으로 입원 중인 서울대병원에서 오늘 사망했습니다. 올해 나이 만 64세인 김씨는···."

2013년 1월 어느 날, 모처럼 집에서 TV를 보던 나는 착잡한 마음을 금할 수 없었다. 사건기자 시절 취재로 인연을 맺었던 그가 평생 폭력과 범죄의 세계에서 헤매다 저 세상으로 가버린 것이다.

김태촌은 협심증, 저혈압, 당뇨, 폐렴 등을 복합적으로 앓고 있었다. 마피아 같은 조직범죄Organized Crime 두목들도 대부분 심장질환으로 고생하다 세상을 떠난다. 보복에 대한 두려움으로 24시간 심장을 혹사시켰기 때문이다. 운 좋게 자리를 지켜오더라도 결국 자기 심장의 반란으로 무너져버리는 것이다.

미국에서 조직범죄를 취재하며 알게 된 FBI(연방수사국)의 한 간부는 이렇게 말했다.

"언제 어디서 당할지 모른다는 불안과 두려움 속에서 살아가는 조폭 두목들은, 어떤 의미에선 이 세상에서 가장 겁이 많은 사람들이다."

"건장한 청년들 피투성이"

제보가 발단

1986년 광복절 전야인 8월 14일 오후 10시 반. 서울 강남구 역삼동에 있는 대형 룸살롱 서진회관 17호실에서 인근 조폭인 '맘보파' 7명이 출소한 조직원의 축하연을 벌이고 있었다. 맘보파는 호남 조폭의 방계 조직으로 강남 일대에서 세력을 확장해나가는 '기성 주먹'이었다.

그리고 바로 옆방인 16호실에서는 이 업소를 관리하는 '서울 목포파' 8명이 술을 마시고 있었다. 목포파는 경기도에 소재한 모 대학의 유도학과 선후배로 구성된 '신흥 주먹'이었다.

맘보파 일행은 애송이 대학생 중심의 목포파를 무시하고 이곳 서진회관을 축하 파티 장소로 정했고, 목포파는 이날 자기네 구역을 침범해 술을 마시는 맘보파가 몹시 신경에 거슬렸다. 그러던 중 사소한 사건이 일어났다. 맘보파 일행이 종업원을 때린 것이다.

이를 전해들은 목포파 조직원들은 분노했다. 평소 자신들을 무시하는 데다, 자기네 구역에 허락 없이 밀고 들어와 술값도 제대로 안 내고 노는 것도 마땅찮은데, 동생 같은 종업원을 구타하기까지 했기 때문이다.

그러나 주저했다. 상대방은 분명히 자신들보다 실전 경험도 많고 센 상대였기 때문이다. 갑론을박 끝에 목포파는 옆방의 맘보파가 무기도 없는 무방비 상태로 술에 취해 있다는 사실을 확인했다.

"좋다. 이번 기회에 이들을 확실히 제압하자."

목포파 조직원들은 생선회 칼과 야구방망이로 무장한 채 17호실로 난입해 닥치는 대로 무기를 휘둘렀다. 한창 취흥에 올라 있던 맘보파 7명은 속수무책으로 당해, 4명이 즉사했고 3명도 만신창이가 됐다.

1시간 뒤인 오후 11시 반, 〈조선일보〉 사회부에 다급한 목소리의 시민 전화가 걸려왔다. 서울 사당동 소재 D병원에 건장한 청년 5~6명이 피투성이가 된 채 실려 들어갔다는 제보였다.

그날 당직이 바로 나였다. 이런 경우 당직은 보통 바깥에서 야근하는 기자에게 취재를 맡긴다. 그러나 사건기자 3년차로 잔뜩 물이 오른 나는 마감시간이 임박한 데다 호기심도 발동해 직접 취재에 나섰다. 병원 주변 파출소와 병원 등에 일일이 전화를 했고 '비장(?)의 방법'을 동원해 사건을 파악한 후 데스크(사회부 당직 팀장)에 보고했다.

데스크는 내가 올린 보고내용에 서울을 동서로 나눠 돌고 있던 야근 기자들의 현장취재까지 곁들여 기사를 내보냈다. 사건발생 2시간 만에 취재에서 보도까지 속전속결로 완료된 것이다.

이 기사는 〈조선일보〉 1면 톱으로 보도돼 광복절 아침을 화려하게 장식했다. 이 사건이 바로 그 유명한 '서진 룸살롱 살인사건'이다. 한국이 가난에서 벗어나 중진국 대열에 들어선 1980년대 중반, 서울 강남 유흥가를 낀 조폭들의 본격적인 출현을 처음 알린 사건이었다.

당시 시민제보와 발 빠른 취재가 없었더라면 경찰은 쉬쉬하며 이 사건을 덮었거나 단순치사 사건으로 처리했을지도 모른다. 그러나 이 사건은 발생부터 각 신문마다 대대적으로 보도되면서 일파만파의 영향력을 불러일으켰다.

장안의 화제는 단연 조직폭력배의 세계에 집중됐다. 지금은 '조폭'이란 단어가 일상화됐지만 당시에는 생소했다. 역대 '한국의 주먹'이라고 하면 자유당 시대에 김두한, 이정재, 이화룡 등이 손꼽혔고 이후 명동 신상사파가 명맥을 유지했지만, 군사 독재 정권하에서 잔뜩 움츠리고 있던 시대였다. 그런 가운데 드디어 한국에도 미국 마피아 같은 조직범죄 집단이 나타난 것이다.

자장면 배달하는 척하며 조사실 진입

여기서 김태촌이라는 이름이 등장한다. 서진 룸살롱 사건의 피해자 맘보파가 김태촌이 두목으로 있는 범서방파의 방계 조직이었기 때문이다. 전남 광주 폭력조직인 서방파의 행동대장으로 폭력세계에 발을 들여놓았던 김씨는 1980년대에 들어 전두환 대통령의 동생인 전경환(새마을운동본부 회장) 등 정치권 인맥과 밀착한 것으로 알려졌다.

당시 김씨는 인천 뉴송도 관광호텔 나이트클럽 황모 사장을 청부폭력한 혐의로 수배 중이었다. 그런데 서진 룸살롱 사건 여파로 자신의 이름이 떠들썩하게 보도되는 바람에 9월 초 목포에서 검거돼 인천 경찰서로 압송됐다. 나는 인천으로 내려갔다.

3일째 되던 날 김태촌이 경찰서 3층에서 조사받는다는 사실을 입수하고, 나는 저녁때 중국집 종업원과 함께 배달부 행세를 하며 조사실에 들어갔다. 김태촌은 조사실 정중앙에 여유 만만한 자세로 앉아 있었다. 종업원이 자장면 그릇을 놓고 나가자, 나만 조사실에 남았다. 그때 고참으로 보이는 형사가 나를 보았다.

“저 사람 누구야?”

“나 〈조선일보〉 기자요. 김태촌 씨와 얘기 좀 합시다.”

“뭐야. 기자가 여기 왜 들어와? 빨리 내보내.”

그때 나는 김태촌을 바라보며 이렇게 외쳤다.

“잠깐, 김태촌 씨. 당신 그동안 언론에 보도된 내용에 불만 많지 않습니까?”

“그래요. 소설 많이 썼습디다.”

김태촌이 불만스러운 어조로 대답했다.

“그 이유는…, 우리 모두가 당신을 전혀 모르는 상황에서 주변을 취재한 내용으로 기사를 쓰다 보니 그렇게 된 거요. 이제 당신을 만났으니 당신 이야기를 직접 쓰겠소.”

“그걸 내가 어떻게 믿소?”

“우리 사나이끼리 약속합시다. 당신은 조직이 있잖소. 만약 당신이 내게 한 이야기와 다르게 보도되면 내게 보복하시오.”

나의 좀 ‘과격한’ 제안에 그는 흥미롭다는 표정을 짓더니 고참 형사에게 말했다.

“형님, 나… 저 기자하고 얘기 좀 하고 싶소.”

이렇게 돼서 경찰 묵인 하에 김태촌과의 단독 인터뷰가 이뤄졌다.

“황 사장과 호텔 나이트클럽을 공동 운영하기로 한 뒤, 고향 친구인 김병조(개그맨)와 가수 혜은이, 김연자 등을 우정 출연시켜 돈을 벌게 해주었습니다. 그런데 황 사장이 약속은 안 지키고 도리어 나를 모함했어요. 그래서 ‘저 영감,

인천 뉴송도호텔 황익수 사장 피습사건과 관련, 1986년 9월 목포에서 검거돼 인천경찰서로 압송되고 있는 김태촌(오른쪽에서 두번째)과 부하들. [중앙포토]

등산 못 가게 다리나 분질러놔야겠다.'고 생각했죠."

김태촌은 또 자기 조직이 1970년대 후반에 가장 강했는데 1980년 자신의 구속 이후 약화됐으며, 본인의 특기는 칼이 아니라 주먹이라는 등의 이야기를 술술 털어놓았다. 검사 앞에서나 자백할 내용을 기자에게 미리 다 말해버린 셈이다. 그러나 그는 자신과 친한 정계·법조계 인사들에 대한 이야기는 철저히 함구했다.

"(호텔 나이트클럽에 공동지분이 있는) 서울고검 박남용 검사는 지난 3월 새마을본부에서 있었던 '전남 연예인의 밤'에서 뵙고 그 후 서너 차례 정도 더 만났습니다. 이번 사건으로 여러 분들 이름이 오르내리게 된 것에 대해 죄스러울 뿐입니다. 그분들은 나의 갱생을 진심으로 도와주신 분들이고 나는 사업을 해보려고 찾아가 뵈었을 따름입니다."

이후 나는 이 기사 덕분에 조폭들과 알게 되었고 그들의 세계를 조금씩 파악하게 됐다.

라이벌 조양은도 평생 폭력에 빠져

폭력은 폭력을 부른다.

김태촌의 측근들에 따르면 그의 아버지 직업은 경찰이었다. 그러나 모종의 사건에 연루돼 수감되었고 그 후로 집안은 기울어져 갔다. 출감 후 김씨 부모는 노점상으로 생계를 이어나갔고, 김씨는 학교를 중단하고 거리의 아이들과 어울리게 됐다.

16세 때 결정적인 사건이 벌어졌다. 부모가 리어커에 수박을 싣고 행상을 하던 중 지나가던 동네 불량배들이 시비를 걸더니 폭행까지 저질렀다. 부모가 얻어맞는 장면을 목격한 김씨는 결국 가출을 하고, 이듬해 처음으로 소년원에 들어가게 됐다. 이때 10명가량이 김씨와 함께 소년원에 가게 됐는데, 이들이 바로 '서방파'의 시초였다고 한다.

김태촌은 어린 시절에 불량배들의 못된 행각을 보고 이를 제어하려다 폭력세계에 들어왔다고 했다. 그러나 본인도 결국 폭력의 그늘에서 빠져나가지 못한다. 1986년 인터뷰할 때만 해도 30대 후반의 그에게는 순수한 기색이 남아 있었다.

"이런 사건으로 사회에 물의를 일으킨 데 대해 우선 나 자신이 밉지만 이제 와서 후회한들 무슨 소용이 있겠습니까. (…) 앞으로 교도소에서 성경책을 보면서 신앙에 몰두하겠습니다. 국민들에게 죄송합니다."

그는 1989년 폐암 진단을 받고 형집행정지로 출소한 뒤 실제로 순복음교회 조용기 목사의 도움으로 신앙생활에 몰두하기도 했다. 그러나 곧 범죄단체 구성 혐의로 다시 구속되고, 이후 죽을 때까지 여러 범죄에 연루됐다. 간혹 그의 얼굴을 TV에서 보면 인상은 더욱 표독스러워졌고 눈빛도 나빠졌다.

그것은 김태촌의 라이벌인 양은이파 두목 조양은도 마찬가지다. 1970~1980년대 서방파, OB파와 함께 국내 3대 폭력조직의 하나였던 양은이파의 두목이었던 그는, 1975년 서울 명동을 주름잡던 신상사파를 야구방망이와 회칼로 기습 공격한 '명동 사보이호텔 습격사건'으로 일약 거물로 떠올랐다.

1995년 초 감옥에서 출소한 조양은도 개과천선하겠다고 약속하고 결혼과 함께 영화 '보스'의 제작·주연을 맡는 등 새로운 모습을 보이려고 했으나 결국 범죄에서 벗어나지 못했다.

출감한 지 2년도 안 돼 필로폰 밀반입 시도와 조직원 살해 지시 등 10가지 혐의로 다시 구속된 것을 비롯해 계속 수감→출소→범행→수감을 반복했다. 한때 신학교에 다니고 간증행사에 참여하는 등 신앙생활에 몰두하는 모습을 보이기도 했으나, 내면에 숨겨진 죄의 유혹을 뿌리치지 못했다. 나중에는 필리

핀에 도피해 숨어 있다가 2013년 겨울 체포돼 한국으로 압송됐다.

김태촌과 조양은은 원천적으로 법이 금지한 폭력을 업業으로 살아가는 이들이다. 매일 범법과 일탈행위를 반복하다 보니 자연스럽게 범죄 자체가 습관화되고 죄책감도 사라진다.

그들이 하는 사업도 그렇다. 절도, 유흥, 도박, 매춘, 마약, 사기, 협박, 청부폭력, 살인 등등…. 더구나 폭력은 인간의 내면을 강팍하게 만들고 황폐화시킨다.

겉으론 스마트한 사회,
속은 왜 더 난폭한가?

그러나 범죄는 조폭 같은 '특별한' 이들에게만 국한되는 것이 아니라 우리 같은 일반인에게도 일상적으로 일어난다.

서진 룸살롱 사건 보도 때도 그랬다. 당시 사건의 상당 부분을 내가 취재했지만 다음 날 출근해보니, 공功은 당직 데스크의 것으로 되어 있었다. 내 취재기는 그의 무용담으로 둔갑했다.

신문사는 오랜 만에 대형특종을 잡은 것을 기뻐해 그날 야간 데스크와 외근기자 등 3명에게 1급 특종상은 물론 봉급 1년 승급 결정을 내렸다. 실제 취재를 주도한 나는 제외된 채 말이다.

나는 선배의 그 뻔뻔한 행각에 하소연도 못하고 벙어리 냉가슴을 앓기만 했다. 이른바 명문대를 나오고 일류 직장을 다니면서 후배의 공을 가로채다니….

그는 몇 년 뒤 신문사를 떠났고 나중에 옥고를 치르기도 했다.

우리는 김태촌의 폭력성을 비난한다. 그러나 우리 마음의 폭력성은 간과하고 있다. 남을 힘으로 제압하고, 군림하고, 남의 것을 빼앗고 싶어 하는 그 욕망 말이다. 김태촌이 눈에 보이는 주먹으로 폭력성을 나타냈다면 우리들은 눈에 보이지 않는 마음으로 폭력성을 나타낸다. 무심코 툭 던진 말 한마디, 쌀쌀맞은 문자 메시지, 비난의 댓글, 차가운 눈빛, 퉁명스러운 표정, 배려 없는 생각의 편린이 상대방에게 '치명적인' 상처를 입힐 수 있으며, 반대로 그런 공격에 엄청난 내상內傷을 입을 수도 있다.

지금 21세기 사회는 겉으로는 스마트하게 보일지 모르지만 속으로는 예전보다 훨씬 더 난폭해졌다. 날로 심화되는 왕따, 막말, 사이버 폭력, 성도착증, 나아가 '묻지마 살인'과 무차별 테러 등….

또한 폭력성은 남을 넘어서 바로 자신을 향한 자해自害 행위로 변형된다. 천륜을 어기는 존속살인, 가족과의 동반자살 등은 결국 자기에 대한 극단적인 폭력이다.

1957년 노벨문학상을 수상한 알베르 카뮈의 소설 《이방인》의 주인공 뫼르소는 21세기 관점에서 더 이상 이방인이 아니다.

그는 어머니의 죽음을 무심하게 받아들이고 어머니의 장례를 치른 다음 날 데이트를 하고 섹스를 한다. 그는 '강렬한 햇빛' 때문에 아랍인을 살해하고 교도소에서 사형집행을 기다리면서 자신이 사형되는 날, 많은 구경꾼들이 자신을 증오해주길 희망한다.

수십 년 전만 해도 뫼르소 같은 이는 패륜아요 '정신이상자(사이코)'로 문자 그대로 '이방인' 취급을 받았지만 지금 이런 이들은 도처에 널려 있다.

과거 어느 때보다 '관용적이고 평화로운' 사회를 지향하는 21세기에, 이처럼 폭력이 더욱 흉포화 혹은 내재화되는 이유는 무엇일까.

어떤 사람들은 정치나 경제, 이념, 시스템 등 외부 탓으로 돌리지만 그건 아닌 듯하다. 지금 우리는 역사상 가장 발전된 인권 및 민주주의 시스템 속에서 물질적 풍요를 누리고 있다. 결론적으로 이 시대 폭력적 상황의 상당 부분은 우리 내면 깊숙이 자리 잡고 있는 폭력성에서 비롯된다.

아무리 사회가 풍요로워져도 우리 마음 속 폭력성은 늘 굶주려 있다. 김태촌이 일상화된 폭력을 당연하게 받아들이고 평생 폭력의 그늘에서 벗어나지 못했듯이, 우리도 마음의 폭력성을 일상에서 대수롭지 않게, 거리낌 없이 발산하며 살고 있는 것이다. 폭력을 비판하고 분노하지만 어느새 폭력을 배우고 따라한다. 그런 관점에서 우리는 김태촌과 공범관계다.

7

리더의 품격은 무엇으로 판단할 수 있나?

김정일

"북한 김정일이 상하이에 갔다고 하네. 가줘야겠어."

"작년 5월인가요, 십수 년 만에 중국을 깜짝 방문한 지 얼마 되지도 않았는데…. 지금 왜 또 갔죠?"

"나도 모르겠어. 김정일이 머무는 호텔 이름도 파악되지 않은 상태야."

2001년 1월 16일 저녁, 홍콩특파원 사무실로 걸려온 본사 전화는 그렇게 짧게 끝났다. 김정일이 한 해 전 2000년 6월 김대중 대통령과 역사적인 남북정상회담을 벌인 지 7개월 만의 일이었다.

이튿날인 17일 새벽, 나는 첫 비행기로 상하이에 도착했다. 그러나 CNN은 물론 미국과 한국 총영사관도 김정일의 동선動線에 대해선 깜깜 무소식이었다. 외교사절들이 묵는 시자오西郊 영빈관에 있다는 외신 보도에 달려가 보니, 이탈리아의 고위관리가 방금 공항으로 떠난 사실만 파악됐다.

그날 밤늦게야 김정일의 숙소가 확인됐다. 상하이 신시가지 푸둥浦東 서쪽 황푸강黃浦江 근처에 있는 국제컨벤션센터 내 둥팡빈장호텔東方賓江大酒店. 1998년 빌 클린턴 미국 대통령이 중국을 방문했을 때 묵은 최고급 호텔이었다.

청소부 정보원을 섭외하다

18일 새벽 6시쯤 나는 호텔로 향했다. 주변에는 이미 일본 기자들이 진을 치고 있었다. 현장에서 마주치는 일본 언론은 두 가지 특징을 보인다. 우선 중요한 취재다 싶으면 기자들을 대거 투입한다. 또 성실성에서 타의 추종을 불허한다. 현장을 지키라면 종일 한눈팔지 않고 '뻗치기' 한다. 때문에 우리처럼 달랑 한 명이 취재하는 입장에선 일본 기자들을 사귀어 놓는 게 유리하다.

다행히 안면 있는 〈아사히 신문〉의 홍콩 지국장 우카이 사토시를 만날 수 있었다. 우리는 정보를 공유하기로 하고 나는 호텔 쪽으로 접근했다. 예상대로 경비는 삼엄했다. 외부인은 일절 출입금지. 두리번거리다 보니 30대로 보이는 건장한 체격의 남자 청소부가 눈에 띄었다. 손짓으로 불러내 근처 식당으로 데려갔다. 중국동포 안내인이 통역을 했다.

"나는 한국 기자인데 좀 도와주었으면 합니다. 사례는 하겠습니다."

그는 선선히 입을 열었다.

그의 말에 따르면 북한 측 인원은 100명을 넘었고, 총 14층(269실) 중 4개 층(5, 6, 9, 10층)을 사용하며 나머지 10개 층은 중국 국가안전부(MSS) 요원들이 사용하거나 비어 있었다.

수행원들이 묵는 방은 미화 150달러짜리지만, 김정일의 방은 3,000달러인 10층 프레지덴셜 스위트룸인 '총통방'. 목욕탕 3개, 회의장 1개, 침실 2개로 이뤄져 있다.

김정일이 키가 크고 체격이 좋은 여자들을 선호한다는 말을 듣고, 이 호텔 소유주인 진장錦江 그룹 회장이 직접 명령해 20세 이하 8명의 늘씬한 아가씨들을 엄선해 교대로 시중들게 했다는 것이다.

김정일 일행은 당초 보도와 달리, 16일이 아닌 15일 오전에 도착했으며 베이징에서 내려온 중국의 '넘버 투' 주룽지朱鎔基 총리의 극진한 안내 속에 푸둥 지역 반도체, IT 단지 등을 돌아보았다고 전했다. 또 공식 수행원으로 거명된 김용순(당 대남 담당 비서, 2003년 사망) 외에 북한 국가수반격인 김영남(최고인민회의 상임위원장)도 와 있다고 했다.

첫 대화는 이쯤에서 끝났다. 경찰차와 경호차량들이 줄을 이었기 때문이었다. 그의 언변은 매우 조리가 있고 전체 상황을 꿰뚫고 있었다. 짐작컨대 그는 청소부가 아니라, 공안원이었다.

나는 잠시 곤혹스러웠다. 나는 중국에 관광객 신분으로 들어왔기 때문에 만약 그가 내 활동을 문제 삼는다면 꼼짝없이 출입국 관리법 위반으로 추방될 수 있었다.

그의 표정은 유들유들했다. 나는 눈 딱 감고 중국 인민폐 200위안(한화로 약 3만 원)을 집어주고 전화번호를 교환했다. 당시 중국인들에게 적지 않은 액수다. 그는 함박웃음을 지었다. 아마 근무 중에 외국 기자를 상대로 적당히 부수입을 챙기려는 것 같았다.

오전 9시쯤 호텔 주변이 바빠지기 시작했다. 김정일 일행이 시찰에 나서려는 듯 경비병들이 배치됐다. 먼저 북한 기자단이 나와 소형버스에 올라탔다. 나는 인파를 헤치며 슬금슬금 앞으로 접근했다. 이어 경호원인 듯, 신체가 다

부지고 눈이 부리부리한 북한인들이 모습을 드러냈다.

한 7~8m 거리쯤 됐을까, 그중 한 명이 이쪽 인파 중 하필 나만 유심히 쳐다보고 있지 않은가. 처음에는 다른 사람을 보나 하고 생각했으나 아니었다. 그는 뚫어지게 내 쪽을 보더니 옆 사람에게 뭔가 지시를 내렸다.

'안 되겠다. 작전상 후퇴다.'

내가 뒤로 돌아 슬금슬금 걸어가니, 아니나 다를까 중국 공안원들이 나를 보고 "서라."며 손짓을 했다. 모른 척하고 군중 속으로 냅다 뛰어 들어갔다.

김정일은 왜 중국에 갔나?

김정일 일행이 탄 차량들이 경찰의 삼엄한 경비를 받으며 상하이 증권거래소로 향했을 때, 나는 호텔 주변에 남았다. 어차피 공개된 활동은 외신에 맡기고, 나는 우리 공관과 상사, 교포, 그리고 이곳에서 사귄 '정보원'들을 취재하기로 했다.

점심은 일본 기자들과 했다. 어느 일본 기자가 1950~1960년대 일본의 소위 '진보' 언론들은 북한을 찬양하고 한국을 폄하했다고 말했다. 그러나 한국이 1960~1970년대 고도성장을 통해 '한강의 기적'을 이루고, 1980년대 후반 민주화까지 성취하자, 일본 내의 북한 관련 담론도 비판적인 쪽으로 기울어졌다고 했다.

호텔로 다시 돌아와 점심을 든 김정일 일행은 오후에 다시 나갔다. 김정일이 상하이로 온 장쩌민江澤民 국가 주석과 모처에서 회담을 하고 있는 사이, 나는 휴대폰으로 호텔의 '청소부'을 다시 불러냈다. 사람 좋은 웃음을 날리며 나온 그는 보다 소상한 정보를 털어 놓았다.

중국 당국은 김정일의 방문 목적을 투자유치 명목 하에 돈을 빌리러 온 것으로 파악하고 있으며, 또 북한인들끼리 내부 회의 내용을 도청한 듯 "다음에는 러시아로 가겠다고 말하더라."고 전했다(이후 실제로 김정일은 그해 7월 26일부터 8월 18일까지 기차로 러시아를 방문했었다).

그는 특히 북한인들의 음식과 술을 먹는 양태를 자세히 설명했다.

"김 위원장은 중국 음식, 미국 스테이크 등 가리지 않고 잘 먹었습니다. 술은 마오타이주는 물론 프랑스나 1995년산 스페인 포도주 등 다 좋아했고요. 물은 프랑스제 같은데 녹색병에…."

내가 '페리에Perrier'냐고 묻자 그는 고개를 끄덕였다.

그는 북한 수행원들도 들어간 요리는 다 비울 정도로 음식을 잘 먹었고, 술도 중국인보다 더 센 것 같다고 놀라워했다. 도착 첫날부터 새벽 2시 반까지 마호타이주처럼 50도가 넘는 독주를 계속 시켜 마셨다는 것이다.

"아침에 청소하러 들어갔더니 어찌나 술병이 많던지…."

그는 혀를 내둘렀다. 호텔에 투입된 조선족(중국 동포) 직원들에 따르면 김정일의 경호원들은 술을 마시면서 "나는 월급이 중국 인민폐로 100위안(1만 5,000원)밖에 안 되며 나머지는 구매표를 받아 충당한다."는 등의 한탄조 얘기를 했다고 한다. 또 여느 외국 손님들과 달리 팁을 주거나 쇼핑, 유흥을 즐기는 것도 없이 오로지 방 안에서 술 마시는 것을 낙으로 삼고 있더라고 전했다.

김정일 국방위원장은 1994년 김일성 국가 주석의 사망 이후에 권력을 세습해 공화국의 실권을 잡아 통치자가 되었고, 2011년 12월 17일 사망했다. (평양 조선중앙통신=연합뉴스)

그는 이 모든 경비는 중국 측이 대고 있다고 했다.

"김 위원장을 위한 전속 요리사, 여성 접대원들과 리무진 승용차, 고급 와인 등 물품 일체는 이 호텔 주인 진장 그룹에서 무상으로 지원하고 있습니다. 또 투숙비 등 기타 경비는 중앙 정부와 상하이 시가 나눠 부담하는 것으로 알려져 있습니다."

김정일 일행은 이튿날인 19일 낮, 푸둥의 창장張江 하이테크 파크를 방문하고 모처에서 장쩌민 주석과 다시 만났다. 이후 오후 7시쯤 보도진을 따돌리고 상하이역에서 열차로 베이징으로 떠났다.

그때 나도 '정보원' 청소부의 양동陽動 작전에 속고 말았다. 그는 내게 전화해 "기차 대신 비행기를 타고 가니 홍차오虹橋 공항으로 가보라."고 해 달려갔다가 허탕 치고 말았다. 당초 내가 "김정일은 비행기를 이용하지 않는다."며 의아해했는데 그는 자기 정보가 확실하다고 우겼다.

결국 내가 택시를 타고 부리나케 공항으로 달려가는 도중 김정일은 열차로 빠져 나갔다. 그 청소부도 막판에 본연의 임무(?)를 수행한 셈이었다.

나의 한계이자 우리의 문제

이튿날 새벽, 나는 눈을 뜨자마자 호텔로 달려갔다. 삼엄했던 경비는 풀렸다. 나는 호텔 안내 데스크로 가 점잖게 말했다.

"홍콩서 온 한국 사업가인데 귀빈 접대를 위해 프레지덴셜 스위트룸을 예약할 생각입니다. 우선 방을 직접 보았으면 좋겠습니다."

담당 직원은 순순히 나를 10층 김정일이 머물던 방으로 안내했다. 거실에는 청소부들이 청소를 하고 있었다. 김정일이 자던 침실로 들어가자, 황당한 풍경이 들어왔다. 이불은 제멋대로 구겨진 채 침대 한쪽에 놓여 있었고 시트도 흐트러져 있었다. 마치 젊은이들이 한바탕 밤새 놀다간 풍경이었다.

방구석 이곳저곳에는 청소부들이 정리해놓은 수십 병의 빈 술병들이 나란히 놓여 있었다. 여럿이 모여 술을 즐긴 듯 헤네시 XO 등 코냑과 이름 모를 프랑스산 고급 와인, 그리고 '정보원' 말대로 스페인산 와인과 페리에 빈 병들이 즐

비했다.

이 방이 정녕 북한의 최고 지도자가 머물다간 방이란 말인가. 나는 여기서 북한이라는 나라의 국격國格을 떠올렸다. 최소한 밑에 비서들이라도 떠날 때 정돈은 하고 가는 게 예의 아니던가.

내가 사진으로 담기 위해 카메라를 꺼내는 순간, 안내 직원이 촬영을 제지했다. 곧이어 그가 든 워키토키가 시끄러워졌다. 호텔 측에서 CCTV를 보고 내가 누구냐고 질문하는 것 같았다. 슬그머니 빠져나온 나는 비상구를 이용해 계단으로 내려와 호텔 밖으로 나왔다.

대한민국 사람으로 북한 최고 지도자의 침실을 본 사람은 아마 내가 처음인 듯싶었다. 그러나 왠지 입맛이 쓰고 얼굴이 화끈거렸다.

그날 오후, 역시 김정일을 취재했던 〈로이터 통신〉 기자 티파니 우를 만나 상황을 복기復棋했다. 마치 한바탕 쇼를 본 느낌이었다. 외견상 그들의 행동은 일사불란했고 절도가 있어 보였다. 그러나 실상은 김정일의 정돈되지 않은 침실 풍경처럼 혼돈과 애매모호함 자체였다. 왜 왔는지, 무엇을 했는지가 다 불분명했다. 그들이 진정 북한 인민을 구제하려고 중국식 개혁개방을 배우러 왔다면, 그렇게 매일 새벽까지 호텔 안에서 공짜 술과 음식에 취할 수는 없었을 것 같다.

나는 그들에게서 최고 지도자에 대한 면종복배面從腹背 외에는 일체의 규율(規律, discipline)과 도덕(道德, morals)이 사라져가고 있음을 느꼈다.

그녀는 내게 물었다.

"어떻게 쓸 거예요?"

언뜻 할 말이 생각나지 않았다. 당시 남북 정상회담이 끝난 이후 한국은 들뜬 분위기였다. 김정일은 '통 큰 지도자'요, 통일은 곧 이루어질 수 있다는 게 일반적인 정서였다. 우리는 쉽게 달아오르는 경향이 있다. 이처럼 여론이 한쪽으로 쏠리는 판에 내가 이런 내용을 보도한들, 과연 받아들여질 수 있을까. 오히려 통일에 대한 열망에 찬물을 끼얹는 행위로 오해받을 수 있다는 생각이 들었다.

나는 티파니에게 오늘 본 내용을 쓰지 않을 것이라고 말해주었다.

그녀는 이해가 안 된다는 듯 고개를 내저으며 반문했다.

"저널리스트라면 써야 되는 것 아녜요?"

"그게 내 한계이자, 우리의 문제입니다."

"…."

8

산은 오르기보다 내려오기가 더 어렵다

김영삼

"노태우 전 대통령 비자금 4,000억 원이 시중은행에 100억 원짜리 계좌 40개로 분산, 예치돼 있다."

1995년 10월 19일, 박계동 민주당 의원의 폭탄 발언으로 세상이 발칵 뒤집어졌다. 신한은행 서소문 지점의 차명계좌 3개가 증거로 제시됐다.

연희동 노 전 대통령 측은 처음에는 자신 있게 말했다.

"그런 계좌는 없다. 박계동이 헛다리를 짚었다."

북미를 순방 중이던 김영삼 대통령은 그 말을 듣고 홀가분한 기분으로 지시를 내렸다.

"그래? 그렇다면 검찰에 수사하라고 해."

그러나 박 의원의 주장은 사실이었다. 10월 21일 노 전 대통령과 이현우 전 경호실장, 서동권 전 안기부장 등이 지켜보는 가운데 비자금 통장 가방을 열어보니 문제의 신한은행 통장이 나왔다. 비자금 담당 직원의 실수였다. 모두들 아연실색했다. 이튿날 이현우는 검찰에 자진 출두해 사실을 인정했다.

이제 칼은 김영삼 대통령에게 넘어갔다. 불과 3개월 전 "성공한 쿠데타는 처벌할 수 없다."며 12 · 12와 5 · 18에 면죄부를 주었는데…. 그러나 그는 특유의 승부사 기질을 발휘해 이를 정면 돌파하기로 결심했다. 노태우는 물론 전두환 전 대통령의 비자금에 대해서도 전면 수사를 지시하는 한편 12 · 12와 5 · 18을 군사반란과 내란으로 규정하고 '역사 바로 세우기' 작업에 돌입했다.

이후 1년 반 동안 '역사 바로 세우기'는 한국의 정치 · 경제 · 사회 · 외교 등 모든 것을 빨아들이는 '블랙홀'이 됐다. 우리 경제가 막 국민소득 1만 달러를 넘어 선진국으로 도약하려는 시점에, 온 국민의 에너지와 관심은 죄수복을 입은 두 전직 대통령에게 쏠렸다.

그러나 과연 이 일을 김영삼 대통령이 주도한다는 게 옳은 일인지 의문이 들었다. 그는 바로 3당 합당을 통해 사실상 전 · 노와 손잡고 대통령에 오른 인물이 아닌가. 더구나 그 역시 정치자금에서 자유로울 수 있을까. 조만간 그에게도 부메랑이 되돌아올 것이라는 예감이 들었다.

정경유착과 부도덕한 금융실태

돌이켜보면 1993년 봄, 김영삼 정권의 출발은 좋았다. 하나회 척결, 공직자 재산공개 등 개혁 정책으로 지지율이 90%까지 오르기도 했다. 그러나 독단적 국정 운영과 졸속 정책 추진으로 인해 2년 뒤 1995년 6월 지방선거에선 참패를 했다. 세간의 비판의 핵심에는 김영삼의 차남 김현철이 있었다. 그가 사조직을 운영하며 국정에 개입하고 인사 농단을 부린다는 것이었다.

1995년 8월 나는 '모래시계 검사'로 불리던 홍준표 검사(현 경남지사)를 만났다. 그는 대뜸 현철 씨가 동창관계로 얽힌 사업가들로부터 돈을 얻어 쓰면서 후견인 노릇을 하고 있다고 비판했다. K고 동문인 W그룹 C회장, H그룹 P회장과, K대 동문인 J그룹 J회장, K그룹 후계자인 L씨 등등이었다. 이들 대부분이 2년 뒤 IMF 사태를 전후해 도산했다.

홍 검사는 특히 현철 씨가 한보그룹과도 밀착돼 있다고 전했다. 한보그룹은 불과 4년 전인 1991년, '수서 비리' 사건으로 정태수 회장이 구속되는 등 큰 타격을 받았는데 최근 재기했다는 것이다.

얼마 뒤 나는 한보그룹이 PK 출신 민주계 세력들에게 엄청난 정치자금을 쏟아 붓고 있다는 얘기를 들었다. 실제로 민주계 좌장 S의원 수하의 직원들이 운영하는 '컨설팅' 회사를 찾아가보니 인건비와 사무실 유지비는 물론 사업자금까지 한보로부터 지원받고 있었다.

직원들에 따르면 한보그룹은 중국과 러시아 등지에서 천연자원 개발 및 수입 사업을 이 컨설팅 사와 합작으로 추진하고 있다는 것이었다. 결국 한보그룹은 이 컨설팅 회사를 매개로 S의원, 또는 민주계 등 정치권력에 이권개입을 포함한 정치자금을 대주고, 반대급부로 사업에 필요한 '힘'을 얻어올 가능성이 높았다. 그러나 당시는 '전·노 비자금' 정국이라 취재가 무르익으려면 좀 더 시간이 필요했다.

그로부터 1년여가 지난 어느 날 나는 홍콩특파원 발령을 받았다. 홍콩으로 떠나기 며칠 전인 1997년 1월 11일, 〈조선일보〉 경제면 머리기사로 '한보 부도 위기설'이 크게 보도됐다. 1993년 6,000억 원이던 한보철강 부채가 1996년 말 4조 원을 넘어섰고, 부채비율은 자기자본(2,000억여 원)의 무려 20배를 초과했다는 것이다. 이런 터무니없는 대출이나 재무 상태는 사상 유례가 없었다. 그날로부터 12일 후인 1월 23일, 한보철강은 5조 원의 부채를 지고 도산했다.

홍콩에 부임한 나는 외국 언론들이 연일 한보사건을 집중 보도하는 것을 보고 놀랐다. 훗날 깨닫게 된 것이지만 한보사건은 한국의 정경유착과 관치에 길들여진 부도덕한 금융실태를 낱낱이 노출시켜 세계 투자가들이 한국에서 손을 떼도록 만든 기폭제가 됐다. 그로부터 1년 뒤 홍콩에서 발행되는 영자지 〈홍콩스탠더드〉는 한보사건을 한국의 IMF 사태뿐 아니라 아시아 금융위기의 시발점으로 규정했다.

"금융위기 다음 타깃은 한국"

당시 홍콩은 흥청망청했다. 홍콩의 주권이 영국에서 중국으로 넘어가기 전인 1997년 1월 홍콩 경제는 엄청난 거품에 휩싸여 있었다. 중산층이 사는 20평 아파트값이 미화 100만 달러가 넘었다. 당시 한국은 그 5분의 1 수준이었다.

홍콩에 진출한 한국 금융기관들도 흥청망청하기는 마찬가지였다. 소위 김영삼 대통령의 '세계화 정책'에 따라 국제금융에 대한 고삐가 풀리면서 무려 83개 금융사들이 난립하고 있었다. 이들은 선진국 수준의 체재비와 판공비를 쓰지만 영업활동은 후진적이었다. 동남아 · 남미 · 러시아 등의 고수익 · 고위험 정크 본드junk bond를 거래하고 있었다.

한보사건 이후 한국 경제는 외국 언론에 거의 '엉망 수준'으로 보도되고 있었다. 뇌물이 횡행하고 노조는 거칠기 짝이 없으며, 권력자와 결탁만 하면 안 되는 일이 없는 곳이 한국이었다. 아시아 지역 최고 경영자 300명을 대상으로 실시한 여론 조사 결과, 한국은 1997년에 투자하지 말아야 할 최악의 나라이자 사회적 불안이 가장 우려되는 곳으로 나타났다.

3월 들어 김영삼 대통령의 아들 현철 씨에 대한 비리 수사가 집중 보도됐다. 그리고 4월 중순, 홍콩 외신기자클럽(FCC)에 들렀을 때 나는 외국 기자들의 빗발치는 질문공세에 시달려야 했다.

〈워싱턴포스트〉의 키스 리치버그는 "전직 대통령을 두 명이나 처벌한 현직 대통령 측이 또 다른 부정부패를 저지른 사실이 맞나?"고 물었고, 〈디 오스트레일리언〉의 리처드 맥그리거는 "개인이 받는 돈이 수십만, 수백만 달러라니…, 뇌물의 단위가 너무 크다."며 혀를 내둘렀다.

5월 이후, 아시아 각국의 독재 정치와 금융 부실이 본격적으로 도마에 올랐다. 이미 한국에 빌려준 돈의 회수가 본격화되면서 한국 금융기관과 기업은 돈이 마르고 도산하기 시작했다. 홍콩의 주권이 영국에서 중국으로 넘어간 다음 날인 1997년 7월 2일, 태국 바트화貨 가치가 폭락하면서 동남아 전역으로 금융위기가 번져나갔고 8월 하순에는 홍콩마저 휘청거리기 시작했다.

이런 세계적 위기에도 한국은 오불관언이었다. YS는 아들 현철 씨가 구속된 이후 사실상 '식물 대통령'이 돼 보이지 않았고, 여론은 이회창 대선후보의 아들 병역문제에 올인하고 있었다. 내가 홍콩에서 아무리 외환위기 기사를 송고해도 국민들의 관심은 오로지 대선이었다.

정부는 더욱 한심했다. 9월 홍콩에서 열린 국제통화기금IMF 총회에 온 강경식 경제 부총리는 "한국 경제력에 걸맞은 분담금을 내겠다."며 오히려 IMF 회비 증액 로비에 열중했다. 불과 2개월 뒤 국가부도 위기를 맞게 될 줄은 꿈에도 모르고 말이다.

그와 인터뷰를 한 〈사우스차이나 모닝포스트〉 경제부장 레이 배시포드는 "일국의 경제 총수가 어쩌면 그렇게 상황을 모를 수 있나." 하며 한탄했다. 당시 IMF 총회에는 미국의 '큰 손' 조지 소로스도 참석했다. 그는 일본 관리들에게 "금융위기 다음 타깃은 한국"이라고 귀띔했다.

"한국 금융기관들이 인도네시아에 너무 많은 돈을 빌려주었다. 줄잡아 100억 달러에 육박하는 돈이 인도네시아에 잠겨 있는데 대부분 단기자금이라 부실자금이 돼버렸다. 곧 한국은 헤지펀드들의 공격을 받을 것이다."

10월 말, 한국 주가는 결국 500선이 붕괴됐다. 11월 들어 세계 유수 언론들은 약속이나 한 듯 "한국이 위험하다."고 연일 보도했지만 우리 정부는 전혀 대응을 못했다. 오히려 김영삼 대통령은 임기 중에 IMF 구제금융을 받지 않겠다며 외환보유고를 바닥상태까지 끌고 갔다. 마침내 우리 외환시장과 증시가 붕괴 상황에 이른 11월 21일 저녁, 정부는 IMF에 구제금융을 신청하겠다고 발표했다.

'하늘은 내 편'이라는

자신감이 독

1997년 후반기는 그동안 한국인들이 피땀 흘려 쌓아온 '한강의 기적'이 일순간 거덜 나게 될, 1950년 한국전쟁 이후 가장 위험했던 시간들이었다. 그러나 훗날 정부 조사에서 밝혀진 것처럼 김영삼이 외환위기를 처음 파악한 것은 경제부총리나 경제수석을 통해서가 아니라 11월 10일 국회의원 홍재형과의 전화 통화에서였다. 국가적 위기 사태를 맞아 통치자는 무지했고, 그런 징후를 보고한 부하도 없었다. 나라는 표류하고 있었다.

김영삼은 20대 의원 시절부터 국민들로부터 가장 사랑받았던 대표적인 정치인이었다. 한국인이 좋아하는 의리와 정이 있었고, 국민의 마음을 읽고 목표를 향해 돌진하는 야당 투사였다. 그런 그가 왜 대통령 후반기에 그런 실정失政을 하며 추락하게 됐는가.

국가적 위기가 발생했을 때 대통령에게 모든 책임을 돌려선 안 되지만 외환위기에 관한 한 김 전 대통령의 책임은 크다. 그는 측근들과 한보 사이의 유착을 제어하지 못했고, '세계화'란 명목 하에 세심한 고려 없이 자본시장을 덜컥 개방해버렸을 뿐 아니라, '역사 바로 세우기'를 통해 엄청난 국력을 소모했다. 그 와중에 한국 경제가 곪아 썩어 들어가는 것을 아무도 주목하지 못했다.

사실 야당투사로서 비판하는 것과 대통령으로서 국정을 운영하는 것은 전혀 다른 세계다. 박정희가 그 어려운 시절 "내 무덤에 침을 뱉어라." 하며 시대적 악역을 자처하고 좁은 길을 헤쳐 나갔던 것과 달리, YS는 거칠 것이 없는 탄탄대로의 넓은 길大道無門을 걸어갔다.

1995년 7월 미국을 방문한 김영삼 대통령이 클린턴 미 대통령과 한미 정상회담을 갖고 공동기자회견을 하고 있다. 김대통령 집권 말기 한·미 관계는 상당히 어려운 편이었다. [동아일보]

군사정권으로부터 누구보다 모진 탄압을 받은 김대중이지만 대통령이 된 뒤 꾹 참고 보복을 하지 않은 것과 달리, 김영삼은 군사정권과 손을 잡고 집권하고서도 한순간에 그들을 내쳐버렸다.

김영삼의 그 같은 과단성, 즉 자신감은 어디서 나오는 것일까? 그는 이승만·박정희·김대중처럼 인고의 세월을 살아오지 않았다. 유복한 집안에서 자라나 명문교를 졸업하고 순탄하게 정치에 입문한 뒤 승승장구하며 살아온 인생이었다. 자기 마음대로 다 됐고, 하늘은 항상 자기편이라고 자신自信했을 성싶다.

그러나 그 자신감이 결국 대통령이 된 뒤 국정 운영에는 독毒이 되고 말았다. 어느새 마음속에는 '국민을 섬기는' 겸손보다 '내가 최고'라는 교만이 자리 잡아 위기를 위기로 보지 못하고, 주위의 판단도 무시한 채 독단적으로 결정하는 일이 반복된 것이 아닐까.

등산을 즐긴 김영삼은 "산은 오르기보다 내려오기가 더 어렵다."고 말해왔다. 그런데 그는 대통령이란 인생의 최고 목표를 이루고 하산하다가 대형 사고를 치고 말았다.

그런 점에서 세계적인 산악인 에드먼드 힐러리의 말이 생각난다. 에베레스트를 최초로 정복하고 영웅이 됐지만, 평생 네팔에서 봉사하다가 타계한 그는 늘 이렇게 말했다.

"에베레스트에 오른 첫 인간이라는 기록은 중요하지 않다. 내게 중요한 것은 그 등정을 통해 겸손과 관용을 배웠다는 점이다."

역사에는 가정이 없다지만, 만약 김영삼이 저 힐러리 경卿 같은 겸손한 마음으로 대통령직을 수행했다면 지금 대한민국이 어떻게 됐을까 하고 생각해본다. 또 우리 각자의 인생은….

외환위기는 한국 사회에 너무 많은 상처와 그늘을 가져다주었다.

9

오피니언 리더의 역할은 진정 무엇인가?

손석희

1983년 12월, 〈조선일보〉에 막 입사해 수습기자로 내근할 때였다. 민방위 훈련 날 지하실에 모두 대피해 있을 때, 고교 동창 손석희를 만났다. 졸업 후 거의 첫 만남이었다.

"야, 방송국에 있을 사람이 왜 신문사에 있어?"

나의 첫마디였다. 손석희는 7개월 전 〈조선일보〉에 업무직 사원으로 들어왔다고 했다.

그는 고교 때 방송반에서 날리던 친구였다. 당시 아역스타 출신인 송승환(뮤지컬 '난타' 제작자)을 제치고 방송반장을 했고, 고교 축제 '휘문의 밤'의 명 MC로 장안 여고생들의 인기를 독차지하며, 장차 아나운서로 촉망받던 친구였다. 휘문고 방송반은 '국민 아나운서'를 배출해온 전통이 있다. 12년 선배가 차인태, 24년 선배가 임택근이었다. 모두 MBC 출신이었다.

"그렇지 않아도 MBC 아나운서 시험에 2차까지 붙고 면접만 남았어."

며칠 뒤 그는 합격했다는 소식을 전했다.

MBC에 가서 그는 처음부터 잘나갔다. 입사 1년도 안 돼 '1분 뉴스', '아침

뉴스' 진행을 맡았고, 2년 뒤부터 '심야 0시 뉴스', '주말 저녁 뉴스' 등 굵직한 보도 프로를 꿰찼다. 방송 능력이 뛰어난 데다 당시 전두환 정권에서 그의 밝고 신선한 이미지를 높이 사 적극적으로 발탁했다고 한다. 7개월 친정이었던 〈조선일보〉도 그를 밀어주었다. 인터뷰 기사를 써주고 맡은 프로를 돋보이게 보도했다. 손석희는 입사 4년차인 1987년에는 보도국 사회부 기자로 발령받고 취재 현장을 누비기도 했다.

5공 시절 방송 뉴스를 놓고 세간에서 '땡전 뉴스'라고 비아냥거렸다. '땡' 하고 시보음이 울리면 첫 뉴스가 늘 전두환 대통령 관련 보도로 시작됐기 때문이다. 당시 뉴스 보도를 맡은 손석희도 '땡전 뉴스'를 진행할 수밖에 없었다.

'미스 손'에서 '투쟁의 상징'으로

1987년 1월, 박종철 군 고문치사 사건으로 촉발된 6월 항쟁이 6·29 선언으로 이어지면서 드디어 군사 독재의 막이 내려졌다. 민주화가 진행되면서 사회 각계의 언로가 뚫리고 '5공 청산'의 소리가 드높아졌다. 1988년 노태우 정권이 출범하면서 '5공 비리 수사'가 착수됐다.

그때 손석희와 나는 가끔씩 만나 서로 이야기를 나누곤 했는데, 그는 조금 힘들어했다. 자신이 5공 때 잘나간 것을 놓고 MBC 내에서 적지 않은 오해를 받고 있는 것 같았다. 그는 본업인 아나운서로 돌아가고 싶어 했다. 나도 그가 기자보다 아나운서가 더 잘 맞겠다고 생각했다.

신문과 방송도 자갈이 풀리면서 언론사마다 노조가 속속 생겨났다. 손석희와 나는 노조에 가입해 열심히 활동했다. 당시 언론사 노조의 최대 과제는 '공정보도'였다. 이로 인해 회사 선배들과 갈등이 있었는데 방송 쪽이 훨씬 심했다. 내가 다니던 신문사는 사주社主가 적극적으로 경영을 했고, 기자들 상호간에 유대감도 강한 편이었다. 반면 MBC, KBS 등 방송사는 관영官營이라 권력 실세가 사장으로 내려와 좌지우지했고 낙하산 인사도 심했다.

손석희는 이런 내부 상황에 대해 상당한 반감을 피력했다. 그는 변화하고 있었다. 학창 시절 그는 말수가 적고 조신하게 행동했으며 시간만 나면 방송반으로 달려가던 친구였다. 별명이 '깡패'인 영어 선생님은 그런 그를 놓고 '미스 손'이라고 부르며 놀렸다. 그러나 그는 욕도 서슴지 않는 '터프 가이'로 변해갔다.

내 기억에 학창시절의 그는 직업 군인 출신의 아버지 영향인지 생각이나 행동이 보수적이었다. 그러나 나이 서른을 넘어 운동권 학생들의 이념서적을 읽으면서 많은 충격과 깨달음을 얻은 것 같았다. 1970년대 대학생들의 필독서였던 한양대 이영희 교수의 《전환시대의 논리》를 비롯해 중국, 중남미 혁명 서적 등을 탐독했던 것으로 기억한다.

1992년 10월, 당시 손석희는 노조 대외협력위원회 부간사로 일했는데, MBC 파업과 관련되어 구속되고 말았다. 이때가 그의 인생의 결정적인 전환점이 됐다.

'누가 이처럼 선하게 생긴 미청년을 파업 현장으로 내몰았는가?'

포승줄에 손이 묶인 채 수의를 입은 그의 사진은 MBC 노조, 나아가 노동계 전체의 희생과 투쟁의 상징처럼 인용·홍보됐다.

손석희 JTBC 보도 담당 사장이 2014년 4월 세월호 사건이 터진 직후 팽목항 현장에 내려가 8시 뉴스를 진행하고 있다. [중앙포토]

진보 전성시대,
가장 영향력 있는 언론인

사람이 이미지를 만들고 이미지가 사람을 만든다. 20일 남짓 수감생활을 한 정도지만 이후 손석희는 언론 자유 투쟁의 상징적 존재로 부각됐고, 그 역시 그런 자리매김을 받아들였다.

이후 손석희는 적극적인 노조 활동 이미지와 관계없이 MBC의 주요 프로에 겹치기 출연하며 활약했다. 그때 그는 자신의 민감한 스탠스를 의식했는지 '뉴스 공정성'과 관련해 이렇게 말했다.

"뉴스의 경중이 진행자의 자의적 멘트에 의해 전달되는 것은 좋지 못하다. 가급적 건조하게 뉴스를 전달하겠다."

이후 손석희는 1997년 미국 유학을 떠났다. 나 역시 해외 특파원으로 나가 외국 생활을 하면서 한동안 만나지 못했다. 내가 2001년 귀국해보니 우리나라 정치, 언론 지형은 많이 바뀌어 있었다. 김대중 정권이 집권한 후로 권력의 무게 중심은 보수·영남에서 진보·호남으로 바뀌기 시작했다. 언론도 보수 대 진보로 양분됐다. 조선·중앙·동아 등 3개 신문은 보수로, 한겨레·경향·KBC·MBC 등은 진보로 분류됐다.

친親 노조와 진보의 구도는 손석희에게 양 날개를 달아준 격이 됐다. 2000년대에 들어서 그는 MBC 라디오의 '손석희의 시선집중'과 MBC TV의 '100분 토론' 등의 프로그램을 맡으면서 우리 사회의 여러 문제에 정면으로 뛰어들었다.

2002년 '효순·미선 양 사건', 같은 해 '이회창 아들 병역비리 의혹', 2004년 '노무현 대통령 탄핵' 등 굵직한 사회 이슈를 집중 보도하면서 그는 진보 세력들로부터 찬사와 갈채를 받았다. 2002년 대선에서 천신만고 끝에 당선된 노무현 대통령은 손석희와 MBC에 대해 공공연하게 고마움을 나타냈다. 재임 중 손석희가 진행하던 '100분 토론'에 두 번이나 출연했다.

반면 손석희는 보수 세력들로부터는 비판을 받았다. 2004년 박근혜 한나라당 대표가 손석희의 계속된 날카로운 질문을 견디다 못해 "저하고 싸움 하시자는 거예요?"라고 받아친 것은 유명한 일화다.

당시는 진보 담론談論의 전성시대였다. 2005년 〈시사저널〉 여론 조사에서 손석희는 '가장 영향력 있는 언론인'으로 선정됐다. 그동안 만년 1위였던 〈조선일보〉 김대중 고문을 제쳤다. 이후 지금까지 정상을 고수하고 있다. 손석희는 국민 아나운서가 아니라 국민 방송인, 나아가 국민 언론인으로서 입지를 굳혔다.

2006년 그는 MBC를 나와 성신여대 교수로 자리를 옮겼지만 방송 프로는 그대로 맡았다. MBC 노조는 2007년 대선에서 MBC 출신인 정동영 민주당 후보를 공공연히 지지했다. 그러나 2008년 이명박 정권이 출범하자, 'PD 수첩'을 통해 '광우병 파동'을 일으켜 출범 초기의 이명박 정권을 크게 흔들어 놓았다. 이런 혼란 속에서도 손석희는 꿋꿋이 자리를 지켰다.

2009년 가을, '100분 토론' 내용의 일부 조작 논란으로 인해 손석희는 그 프로에서는 물러났으나 '손석희의 시선집중'은 여전히 아침 라디오 방송 시장을 주도하고 있었다. 2010년에 취임한 김재철 MBC 사장이 노조의 편파, 불공정 방송을 개혁하겠다고 사실상 노조와의 전쟁을 시작해 안팎으로 어수선한 상황에서도 '시선집중'은 잘나갔다.

그가 추구하는 세 가지,
진실 · 시민사회 · 약자

박근혜 정권 출범 석 달 뒤인 2013년 5월, 손석희는 전격적으로 종편 JTBC의 보도 담당 사장으로 옮겨갔다. 스타급 방송인을 영입하려는 JTBC의 오랜 구애의 결과이며 이 과정에서 손석희는 보도와 관련된 예산, 인사, 편성 등 완전한 독립권을 보장받았다고 한다.

손석희는 부임 첫날 부장단과 상견례를 할 때 두 가지를 강조했다.

"첫째 나를 '사장'으로 부르지 말고 '선배'라고 불러 달라. 둘째 나는 보도국 사람이다. 내 방(사장실)은 3층 임원실이 아니라 1층 보도국에 있을 것이다."

직원들은 환호했다. 그는 즉시 보도국 개편 TF팀을 구성했다. 보통 TF팀은 회사에서 잘나가고 열심히 일한다고 인정받는 사람들로 구성된다. 그러나 손석희는 달랐다.

"원하는 사람은 다 참여해 어떤 문제든 논의해달라."

평소 소외되고 비주류로 인정받던, 이른바 사내 불만 세력들도 TF팀에 대거 참여했다. 손석희는 그들의 의견을 경청했다.

이후 또 다른 TF팀이 구성됐다. 이번에는 해결하는 팀이다. 이쪽은 손석희가 눈여겨본 소수의 사람들로 구성됐다. 이런 식으로 손석희는 사람들의 마음을 사로잡고 조직을 신속히 장악해 나갔다.

손석희는 뉴스와 관련해 다음과 같이 세 가지를 다짐했다. 첫째 오직 진실만을 추구하고, 둘째 건강한 시민사회 편에 서며, 셋째 힘없는 사람을 위한 뉴스를 만들겠다는 것이다. 그는 당초 앵커가 아닌 경영자로 JTBC에 참여했으나 회사 측은 그에게 앵커로 일해주기를 요청했다. 결국 그는 2013년 9월 16일부터 자신이 앵커로서 직접 보도를 하기 시작했다.

당시 나도 관심을 갖고 그가 진행하는 뉴스보도를 지켜보았다. 손석희가 처음 진행한 7일치 8시 뉴스 보도를 종합해보면 당시 야당과 진보 세력에 대해서는 긍정적으로, 청와대와 정부에 대해서는 비판적으로 보도했다. 민주당의 천막농성, 국정원 직원의 허위진술, 천주교 정의구현사제단 시국미사, 삼성 반도체 공장 피해자 지원 모임, 교황청의 동성애에 대한 전향적 입장 등이 비중 있게 다뤄졌다.

현직 검찰총장으로서 혼외婚外 자식 논란을 빚고 있었으나 야당으로부터 지지를 받던 채동욱 검찰총장에 대한 보도도 긍정적인 편이었다. 나는 그 보도 태도와 내용 등을 보면서 손석희가 추구하는 '진실'과 '시민사회', '약자'가 어떤 것인지를 가늠할 수 있었다.

이런 보도 태도는 이듬해 4월 발생한 세월호 참사에서도 그대로 나타났다. 워낙 엄청나고 어처구니없는 사건이긴 했지만, 손석희는 시종 청와대와 정부를 철저하게 비판했다. 반면 전 MBC 기자였던 이상호의 다이빙벨 관련 보도 등에 대해서는 여과 없이 그대로 방송하는 등 소위 진보 측 입장을 충실히 대변했다. 이상호는 이후 '다이빙벨'이라는 다큐 영화를 만들어 정부가 자신들의 잘못을 은폐하기 위해, 세월호 안에 갇혀 있는 사람들의 구출을 위한 잠수정 투입을 막았다는 식의 주장을 폈다.

우리 언론은 진정한 경비견 역할을 하고 있는가?

우리나라 언론의 보도 태도를 보면 사실 너무 부정적negative이다. 세월호 보도만 놓고 봐도 보수언론, 진보언론 가릴 것 없이 오로지 '때리기' 일변도였다. 장관이 잠시 짬을 내 컵라면 먹는 것까지 부정적으로 보도해 직위에서 물러나게 만들었다.

언론은 냉철해야 한다. 대중들의 격앙된 감정을 때로는 게이트 키핑gate keeping을 통해 걸러내서 보도해야 한다. 그러나 우리 언론은 오히려 한술 더 떠 사회를 집단 히스테리 내지 우울증에 빠지게 만들었다.

세월호보다 훨씬 심각했던 9 · 11 테러를 당한 미국도 이토록 자기네 대통령과 정부를 비판하지는 않았다. 도리어 많은 영웅과 미담을 만들어 국민에게 용기와 희망을 북돋우고 격려했다. 그러나 손석희를 비롯한 우리 언론은 이런 모습을 보이지 않았다.

우리 언론은 진영논리에 지나치게 충실하다. 보수언론도 진보언론도 자기편에게는 관대하고 상대편에게는 가혹하다. 이런 점은 손석희에게도 그대로 발견된다. 손석희가 박근혜 정부를 비판하듯 노무현 정부를 비판했던 기억을 나는 갖고 있지 않다. 손석희가 대기업을 비판하듯 노동계에 대해 비판적으로 보도한 것에 대해서도 특별한 기억이 없다. 과거 노조는 우리 사회의 약자이었지만 지금은 다르다. 일부 노조는 또 다른 기득권자요, 견제 받지 않는 권력과 같다.

손석희의 대 노조 보도 태도와 관련, 생각나는 일화가 있다.

1988년 서울올림픽을 앞두고 MBC 노조가 공정방송을 촉구하는 리본을 가슴에 달기로 했다. '7시 저녁뉴스'를 진행하던 손석희는 내심 갈등하다가 리본을 겉이 아닌 안쪽 와이셔츠에 달고 나왔다. 자괴심에 시달린 그는 다음 날부터 바깥에 제대로 달고 나왔는데 훗날 그는 리본을 안쪽에 달았던 것이 "기억하는 한 가장 수치스럽고 기회주의적인 행동"이라고 회상하는 글을 썼다. 나는 그 글을 보면서 순간 이런 의문이 들었다.

'5공 시절 전두환을 일방적으로 찬양하던 땡전 뉴스를 진행할 때에 대해서는 어떤 기억을 갖고 있을까?'

손석희는 지난 노무현 정권 때 언론의 '경비견guard dog' 역할을 강조했다. "지배 세력에 의존적이긴 하지만 복종적은 아니며, 지배체제 자체를 수호하고 이 체제를 위협하는 세력을 향해 가장 먼저 짖는 역할이다."

나는 손석희의 이런 주장을 이해할 수 있다. 그러나 손석희가 이후 이명박, 박근혜 정권에 대해서 보여준 보도 태도는 어떠했는가. 과연 그런 주장에 근거했다고 볼 수 있을까.

20세기 미국 최고의 언론인 월터 리프먼은 민주사회에서 뉴스가 왜곡되고 부정확해지는 이유는 그것들이 '사실fact'에 기반을 둔 것이 아니라 "뉴스 조직을 구성했던 사람들의 희망"에 기반을 두었기 때문이라고 했다. 그는 명저 《여론Public Opinion》이란 책을 통해 이렇게 말했다.

"우리는 우선 보고 그다음에 정의하는 것이 아니라, 일단 정의부터 하고 그다음에 본다."

월터 리프먼의 이런 주장에 대해 과연 우리 언론과 손석희는 자유로울 수 있는가. 우리는 흔히 언론인을 여론을 끌고 가는 사람, 즉 오피니언 리더opinion leader라고 부른다. 그러나 우리 언론이 과연 오피니언 리더인지 아니면 반대로 여론에 끌려가는 오피니언 팔로워opinion follower인지는 좀 더 생각해볼 문제다.

손석희는 여전히 우리나라 최고의 방송인이자 언론인 중 한 사람으로 인정받는다. 그에게선 정직성, 성실성, 진정성이 느껴진다. 그의 철저한 자기관리는 남의 귀감이 될 만하다. 그래서 지금 여기까지 왔다.

나는 그가 언론계에서 진정한 프로페셔널리즘의 소유자이기를 기원한다. 방송을 잘하는 사람이 아니라 여론을 잘 이끌어가는 오피니언 리더로서 말이다. 그러기 위해서는 때로는 여론에 맞서 싫은 소리도 해야 하고, 불편한 진실도 말할 줄 알아야 한다.

손석희는 내게 이런 말을 한 적 있다.

"청와대나 정부를 긍정적으로 보도하고 싶어도 그런 명분조차 없으며, 또 그렇게 보도하면 싫어하는 독자들을 의식하지 않을 수 없다."

도대체 여론이 무엇인가. 선의와 악의, 만족과 탐욕, 지혜와 무지, 관대와 편협 등이 복합된 불완전한 개개인들의 생각의 집합이다. 때문에 여론은 완전하지도, 선하지도 않다.

진정한 오피니언 리더라면 햇빛이 쏟아지는 찬란한 날에도 폭풍우가 올 수 있음을 경고할 줄 알아야 한다. 마찬가지로 폭풍우가 몰아쳐 모두가 불안에 떨고 있을 때, 앞으로 잔잔한 평온이 찾아올 것이라는 희망과 긍정의 메시지도 제시할 줄 알아야 하지 않겠는가.

10

말하지 말고 보여줘라

김훈

내가 신문사에 입사하던 1980년대 초 언론 산업은 호황기였다. 경제가 발전하면서 신문 발행부수는 날로 늘어났다. 전국지는 조·석간 합쳐 6개뿐. 이밖에 통신사 1개, 지상파 TV 2개, 군소 신문 서너 개가 있을 뿐이었다. 지금처럼 인터넷을 포함해 수백 개 언론사가 난립하는 시절과는 달랐다.

나름 자부심도 높았고 회사 분위기도 좋았다. 200명 가까운 기자가 매일 12면을 제작하니 정성도 대단했다. 저녁 7시쯤 퇴근하면 단골 음식점으로 몰려가 소주잔을 나누면서 격의 없는 토론을 벌이며 회포를 풀곤 했다.

그런데 한 가지 문제가 있었다. 바로 언론 자유가 없다는 점이었다. 정부의 입맛에 맞지 않는 기사는 보도되지 못했고 담당 기자나 간부는 기관에 끌려가 '봉변'을 당했다.

신문 가판街販, 즉 초판이 나오면 오후 7시쯤부터 각 부처 대변인이나 정부 관계자들이 우르르 몰려와 이 기사를 빼달라, 저 기사를 고쳐달라 요구하는 것이 일상이었다. 이것이 통하지 않으면 문화공보부나 안기부(현 국정원), 청와대까지 나서서 신문사 간부나 임원에게 직접 압력을 가하기도 했다. 서슬 시퍼런 상황이라서 정치 · 사회 등 정권과 관련된 기사를 쓸 경우에는 극도로 조심할 수밖에 없었다.

때문에 그 당시 기자들은 초년병 시절부터 사실fact과 의견opinion을 명확히 구분해 쓸 것을 귀에 못이 박이도록 들었다. 예컨대 '화창한 날씨'는 객관적 사실이지만 '상쾌한 날씨'는 주관적 의견이다. '그 여자가 미인대회서 1등을 했다.'는 표현은 '사실'이지만 '그녀가 아름답다.'는 것은 '의견'이다.

군사 독재 치하에서 우리는 의견은 줄이고, 사실만 보도할 것을 배웠다. 그러나 그마저도 문제될 수 있었다. 보도됨으로써 정권에 부정적 영향을 끼친다고 판단된다면 해당 기사를 쓴 기자는 큰 봉변을 당할 수 있다.

예컨대 정부와 상의 없이 고위 공직자가 연루된 수뢰사건을 크게 보도하거나, 부정부패 척결 캠페인 시리즈를 내보내 정부의 심기를 건드릴 경우가 그렇다. 부동산 사기 피해자 중에 현직 '장군 부인'이 포함된 기사가 나갔다고 보안사(현 기무사) 사복 군인들이 신문사 편집국에 난입해 소란을 피우는 것을 목격하기도 했다.

이런 상황 속에서 당국의 검열을 피해 국민에게 사실과 정보를 알려주려면 기자들이 '언어의 마술사'가 돼야 했다. 형용사 · 부사는 물론 조사까지도 의미를 담아 선택했다. 민감한 상황을 보도할 때 선배들은 흔히 이렇게 주문했다.

"사설 쓰듯 하지 말고 스케치하듯 보여줘."

쉽게 말해 '말하지 말고 보여줘라Show, Don't tell.'다. 기자가 심판자가 되어 상황을 말하거나 의미를 부여하지 말고, 관찰자의 입장에서 그대로 묘사해주고, 독자가 알아서 판단하게끔 만들라는 주문이었다.

이런 기사 중 압권은 1984년 11월 30일 자 〈조선일보〉에 나온 김대중 〈조선일보〉 출판국장(현 〈조선일보〉 고문)이 쓴 '거리의 편집자들'이었다.

"낮 12시쯤의 광화문 지하도는 점심 먹으러 가는 사람, 먹고 나오는 사람들로 언제나 붐빈다."로 시작되는 이 칼럼은, 서슬 시퍼런 검열하에서 신문 가판원들이 톱기사는 무시한 채 1단짜리 '시국 관련 뉴스'에 빨간 줄을 그어 파는 모습을 소개하면서, 당시 암울했던 언론 상황을 자조한 것이었다. 이 칼럼은 5공 당시 국내외에 큰 반향을 일으켰는데, 필자인 김대중 국장은 결국 정권의 압력으로 2년 뒤 외유를 떠나야만 했다.

오십 넘어 사건기자로 취재현장에

김훈의 글을 접한 것이 그 무렵이었다. 〈한국일보〉 문화부 기자였던 그는 '문학기행 – 명작의 무대'를 연재하고 있었다. 특유의 유려한 문체와 풍부한 감성, 현란한 수식어로 꽉 찬 그의 글은 매일 시국 사건과 검열 속에서 짧고 무미건조한 기사를 써야 하는 내 입장에선 도달할 수 없는 이상향理想鄕같이 느껴졌다.

그는 기자라기보다 대大문장가 같았다. 글은 사실을 바탕으로 전개되나 항상 그의 의견(주관적 감정 · 판단)이 넘실대고 있었다. 1986년 5월 18일 자 〈한국일보〉에 실린 그의 글 '김승옥의 무진기행霧津紀行'은 이렇게 시작된다.

김승옥의 산문은 바다 또는 바다에 연한 소도시에 관하여 서술할 때 가장 명석한 아름다움에 도달한다. 김승옥의 바다는, 때로는 카뮈의 에세이들이 그려내는 알제리의 바다처럼, 생生의 작렬감에 가득 찬 바다이지만, 더 많은 경우에는 도시(都市=현실)와의 불화의 관계 위에 설정된 자폐自閉의 공간이다….

질식할 듯한 시대적 상황 속에서도 문학을 주제로 한 그의 글은 비교적 자유롭게 숨을 쉬었고 원초적 생명력을 지니고 있었다. 물론 그도 정권의 촉각을 곤두세울 만한 '불온한' 생각은 영리하게 피해 기술했을 것이다.

그러던 김훈이 어느 날 지면에서 사라졌다. 1989년인가 '조직과의 불화'로 16년간 다니던 직장을 나와버린 것이다. 1990년대 민주화가 본격화되면서 언어는 고삐 풀린 말처럼 자유로워졌다. 온갖 주의·주장이 난무하고, 과거에는 하지 못했던 날 선 비판이 쏟아져 나왔다. 현장에는 살벌한 구호와 욕설, 폭로가 난무했다.

그러자 언론기관도 특유의 조심스러운 태도에서 벗어나 주장을 앞세우기 시작했다. 관찰자watcher가 아닌 참여자player가 되기도 했다. 정파나 세력들은 이런 언론을 이용했다. 도움이 되면 박수를 쳤고, 불리하면 비난했다.

그동안 김훈은 프리랜서 작가, 주간지 편집장, 일간지 간부 등을 전전하다 2002년께 잠시 〈한겨레〉에서 말단 사건기자를 했다. 나이 오십이 넘어 신출내기들이 하는 경찰서 출입을 하다니…. 더구나 보수 성향의 그가 진보 신문에서.

그는 600자 분량의 '거리의 칼럼'을 연재했다. 그러나 넘치는 감정을 담아 자기 생각(의견)을 장황하게 펼치던 과거 김훈의 글이 아니었다. 감정은 절제돼 드라이해졌고, 상황(사실)을 간결하게 보여주기만 했다.

예컨대 그가 쓴 '라파엘의 집'(2002년 3월 28일 자)은 저마다 시국 걱정을 하면서도 정작 인근 어린이 보호시설은 외면해 결국 술집으로 바뀌는 서글픈 현실을 카메라로 비추듯 보여준다. 독자는 메시지를 금방 알아차린다. 전형적인 'Show, Don't tell' 식 기사다.

> 서울 종로구 인사동 술집 골목에는 밤마다 지식인, 예술가, 언론인들이 몰려들어 언어의 해방구를 이룬다. 노블레스 오블리제를 논하며 비분강개하는 것은 그들의 오랜 술버릇이다.
>
> 그 술집 골목 한복판에 '라파엘의 집'이라는 시설이 있었다. 참혹한 운명을 타고난 어린이 20여 명이 거기에 수용되고 있었다. 시각 · 지체 · 정신의 장애를 한 몸으로 모두 감당해야 하는 중복장애 어린이들이다. 술 취한 지식인들은 이 '라파엘의 집' 골목을 비틀거리며 지나서 택시를 타고 집으로 돌아갔다. 동전 한 닢을 기부한 사람은 아무도 없었다. '라파엘의 집'은 전세금을 못 이겨 2년 전에 종로구 평동 뒷골목으로 이사 갔다. (…)
>
> 인사동 '라파엘의 집'은 술과 밥을 파는 식당으로 바뀌었다. 밤마다 이 식당에는 인사동 지식인들이 몰려든다.

진보, 보수 신문 모두에 쓴 소리

김훈을 기자가 아닌, 소설가로 각인시켜준 걸작 《칼의 노래》도 마찬가지다. 수사적修辭的 장치는 전혀 동원하지 않고 주어와 동사, 문장의 뼈다귀만 갖고 썼다. 기자가 사실을 보도하듯 말이다.

소설의 첫 문장은 '버려진 섬마다 꽃이 피었다.'로 시작된다. 김훈은 '꽃이 피었다.'와 '꽃은 피었다.'를 놓고 고심했다고 한다. 전자는 객관적 상황 묘사요, 후자는 주관적 정서가 포함돼 있다. 마치 5공 시절 '경제가 좋다.'와 '경제는 좋다.'를 놓고 고민했던 경험과 비슷했다. 전자가 가치중립적이면서 긍정적인 반면 후자는 경제 외의 다른 상황은 좋지 않다는 부정적 뉘앙스를 담고 있다.

왜 김훈은 '언론의 자유'가 넘쳐나는 시대에 도리어 혹독한 '자기 검열'을 하는가? 그의 작품들이 노무현 정권이 들어선 후 각광을 받게 된 점은 매우 아이러니하다.

스스로 '진정한 개혁 세력'임을 표방한 노 정권은 자신들에 반대된다고 생각되면 가차 없이 '수구 세력'으로 몰았다. 정권에 참여한 일부 인사들은 "우리가 하는 일이 옳은데 왜 따라오지 않고 말이 많은가?"라는 식의 주장을 공공연히 했다.

당연히 온갖 말의 공방전이 난무했고 이로 인한 불필요한 갈등과 분란이 빚어졌다. 노 대통령부터 때로 너무 거칠거나 직설적인 말을 하다 보니 각종 설화舌禍에 시달렸다. 문성근, 명계남 같은 이들의 언행에서는 '나는 선善, 너희는 악惡'이라는 식의 교조주의적 냄새까지 풍겨났다.

그 시절에는 사실보다 의견, 객관보다 주관, 이성理性보다 감정感情의 언어가 지배적이었다. 그러나 김훈의 글은 정반대였다.

나는 그와 고등학교, 대학 선후배 관계로 공·사석에서 가끔 만났다. 2004년께인가 그는 신문 기자이던 내게 말했다.

"요즘 글쓰기가 어렵고, 신문·저널 읽기가 고통스럽다. 사실과 의견을 구분하지 못하고 뒤죽박죽으로 쓴다. 의견을 사실처럼, 사실을 의견처럼 말한다."

예를 들어, 그의 눈에는 2002년 일어난 '효순·미선 사망' 사건이 명백한 '사고'인데, 한쪽에서 '범죄'에다 '반미주의'로까지 몰고 간 것이었다.

시간이 갈수록 사람들의 언어에는 날 선 감정이 번뜩이기 시작했다. 사회 지도층 인사들부터 말의 품위를 잃고 막말을 하기 시작했으며 이는 유행병처럼 번져나갔다. 공식석상에서도 욕설이 버젓이 등장했다.

김훈은 언어의 폭력화·무기화를 지적했다.

"언어는 타인에 의해 부정되고 수정될 수 있는 허약한 것이라는 점에서 힘을 갖는데, 우리 시대 언어는 돌처럼 굳어지고 완강해 무기를 닮아가고 있다."

그는 기자는 "본질적으로 문장가가 아니라 스파이"라고 규정했다. 지난至難한 사실 확인fact finding 작업을 거쳐 정보를 '장악'해야 한다는 것이다.

"예컨대 A란 사람을 '개자식'이라고 하고 싶어도 그렇게 쓰는 순간, A가 아닌 내가 개자식이 된다. 그러면 어떻게 해야 하나. A가 개자식일 수밖에 없는 이유와 물증을 찾아야 한다."

어느 날에는 우리의 사고思考체계에 근본적인 의문을 던졌다.

"요즘 우리는 '이것이 무엇인가?', '왜 이런가?', '이것과 저것과의 관계는

김훈은 어려서부터 혼자 있는 걸 좋아했다. 지금도 평일에는 경기도 안산에서 혼자 글을 쓰고 지내며, 주말에 일산 집에 머무른다. [중앙포토]

어떤가?' 등의 과학적 사고 대신 '내 마음에 드나, 안 드나?', '내 생각과 맞나, 안 맞나?', '내 편인가, 아닌가?' 식의 정서적 · 이념적 · 정치적 생각을 한다. 신념의 언어가 아니라 과학의 언어로 사유思惟해야 한다."

보수와 진보로 나뉜 언론이 같은 사건을 놓고 정반대로 해석하는가 하면, 서로 상대방에 대해 비난의 화살을 쏘아대는 일들이 더욱 심해졌다. 술이 얼근히 들어가면 김훈은 그 큰 눈을 똑바로 뜨고 후배 기자들을 질책했다.

"지배적 언론이나 담론들이 당파성에 매몰돼 그것을 정의 · 신념이라고 믿고 있다. 나는 신념에 가득 찬 자들보다 의심에 가득 찬 자들을 신뢰한다."

결론적으로 김훈은 이 시대 언론기관이 권력기관 내지 사회 세력화되고 말았다고 주장했다. 그는 자신이 한때 몸담았던 〈한겨레〉에 대해서도 "사실에 입각한 객관적 저널리즘으로 존재할지, 아니면 하나의 사회 세력으로 존재할지를 고민하라."고 했으며, 반대편에 있는 〈조선일보〉에 대해선 "마치 자기네가 세상을 움직인다고 생각하는 오만에서 벗어나라."고 했다.

나는 그가 기자들에게 보낸 고언苦言을 지금도 잊지 못한다.

"사실에 바탕 해서 의견을 만들고, 의견에 바탕 해서 신념을 만들고, 신념에 바탕 해서 정의를 만들고, 정의에 바탕 해서 지향점을 만들어라. 이게 갈 길이다."

입을 닫으니 마음이 들린다

내가 2000년대 중반 신문사를 나와 대학에서 학생들을 가르칠 때, 미국 컬럼비아대의 교재인 《뉴스와 보도News & Reporting》에서 'Show, Don't tell'에 대한 설명을 발견했다.

> 가장 감동적인 글은 필자가 말하거나 설명하지 않고 당시 상황을 보여줄 때 나온다. 필자가 일일이 설명하면 독자는 수동적이 되고, 필자가 묘사에 그치면 독자는 적극적인 상상력을 동원해 나름의 생각을 하게 된다. 러시아의 문호 톨스토이가 《전쟁과 평화》를 쓰고 나서 한 말이다….

그러나 'Show, Don't tell'이 단순히 글 쓰는 기술만이 아니라는 것을 알게 된 것은 강의 후 학생들과 대화를 나누면서였다. 나보다 한 세대 어린 젊은이들과의 진정한 소통은 '내가 말할 때보다 그들의 말을 들어줄 때' 이뤄진다는 사실을 깨달았다.

내가 말을 하면 그들은 수동적이 된다. 그러나 내가 들으면 그들은 적극적이 된다. 나아가 마음의 문을 열고 호의적으로 나온다. 내가 한 일은 진지하게 경청하는 자세를 보여준 것show뿐이었다.

돌이켜보면 세상살이의 이치理致도 마찬가지다. 우리는 상대방의 '말'보다 사소한 '마음'이나 '행동'에 더 감동을 받는다. 어렸을 적 시험을 망쳤을 때 어머니가 꾸지람 대신 사준 짜장면 한 그릇, 힘든 이등병 시절 고참이 다가와 말없이 건네준 담배 한 개비, 사건기자 당시 헤매는 나를 삼겹살집으로 데려가 덤덤히 건네주던 선배의 소주잔을 지금도 잊을 수 없다.

혼자 있을 때
존재감이 더 충만해진다

지금 김훈은 대한민국을 대표하는 소설가다. 그러나 그의 생활은 글처럼 단순하고 간결하다. 월요일부터 금요일까지 경기도 안산 경기창작센터에서 혼자 글을 쓰고 지내며 주말에는 일산 집에 머무른다.

화창한 어느 가을날, 나는 안산 작업실을 찾았다. 거기에는 일체의 장식이나 번잡함, 군더더기가 없었다. 책상, 의자, 소형 라디오와 오디오, 전기스탠드

2개, 그리고 서류함으로 쓰이는 중국집 철가방이 전부다. 책은 《새우리말큰사전》(상·하), 《옥편》, 이순신의 《난중일기》. 흔한 노트북 컴퓨터도 없고 연필깎이·필통·지우개·원고지가 작업 도구의 전부다.

그는 하루 3시간 동안 일을 하고, 나머지 시간은 홀로 새·노을·바다·산야를 구경하며 돌아다닌다고 한다.

"난 어려서부터 혼자 노는 걸 좋아했어. 커서도 번잡함이 싫어 평생 가본 영화관이 다섯 군데도 안 돼. (…) 나이 오십 넘어 자전거를 배워 혼자 놀러 다녔지."

그는 지금도 사람 소리, 식기 달그락거리는 소리조차 싫어 집을 떠나 이곳에 머문다고 했다. 그는 자신에게 '고독孤獨'보다는 '단독單獨'이란 표현이 더 잘 어울린다고 했다. 고독은 '정서적 사태'인 반면 단독은 '물리적 사태'를 이르는 단어라는 것이다.

"존재의 본디 모습이 단독 아닌가. 혼자 있으면 더 존재감이 충만해지는데 왜 사람들은 외롭다고 하지?"

그는 아무도 자신을 컨트롤할 수 없으며, 따라서 스스로 자신을 규율하며 근면하게 살아가고 있다고 했다.

"내가 스스로에게 강철 같은 기운을 부과하는 것이다. 그것에 의해서 나를 버텨낼 수밖에 없고, 그 기운을 상실하는 순간에 난 모든 것을 잃게 되리라 생각한다."

그의 작업실 벽에는 하루에 원고지 5장은 꼭 쓰자는 의미에서 '필일오必日五'라고 쓰인 종이가 붙어 있다. 예전에는 군 내무반에 걸려 있던 '닦고 조이고 기름 치자'는 글귀를 붙여 놓았었다고 한다.

김훈의 글이 서늘하듯이 그를 만나면 서늘하다. 친근하지도 유쾌하지도 않으며, 간혹 불편하기도 하다. 그러나 사실 그런 것은 중요하지 않다. '글쟁이' 김훈이 방송인 손석희처럼 말을 잘하거나 세련될 필요는 없다.

이제 김훈의 글에서 그의 목소리를 찾기 어렵다. 그는 다만 보여줄 뿐이다. 그러나 독자는 무언無言의 울림을 안다.

어쩌면 'Show, Don't tell' 이야말로 온갖 주장과 위선僞善이 난무하는 지금 이 시대에서 가장 필요한 인생의 경구警句가 아닐까. 나도 일상에서 실천하려고 노력하나 쉽지 않다. 어느새 남들을 향해 비판하고 주장하고 가르치고 자랑하고 있는 나를 발견한다.

11

현장에서 살며 사람을 중히 여긴 신문인

방우영

〈조선일보〉는 일취월장하고 있었다. 1979년 발행부수 100만 부를 돌파했고 5년 뒤 1984년 150만 부를 돌파했다. 과거 1등이었던 〈동아일보〉를 제치고 무서운 기세로 뻗어나가고 있었다.

1983년 11월 〈조선일보〉에 입사한 나는 사내 분위기에 놀랐다. 편집국 각 부서에서 서로 술을 사겠다고 나설 만큼 인심과 여유가 풍족했다. 당시 수습기자 월급이 30만 원. 여기에 취재비(일명 '품위유지비')로 지급되는 5만 원을 합치면 35만 원이나 됐다. 1인당 국민소득이 2,000달러(100만 원 상당) 정도인 시절이었으니 매우 높은 수준이었다. 대기업보다 많았다.

선배들은 늦게까지 남아 일했고, 판版 갈이는 밤새 계속 됐다. 일에 있어서 대충은 없었다. 오후 7시쯤 퇴근하고서도 기사를 고쳐 쓰기 위해 불려 들어간 적이 비일비재했다. 이를 본 타사 기자들이 혀를 내둘렀다.

〈조선일보〉는 사주社主가 이북에서 내려와 반공 기조가 유독 강했다. 보수적이었으며 박정희의 개발 독재를 지지하는 입장이었다. 반면 1970년대 유신 시절에 대학생활을 한 젊은 기자들은 대부분 박정희를 싫어했다. 더구나 당시 전두환 군사정권은 언론에 시시콜콜 간섭하려고 들었다.

이런 분위기는 결국 경영진, 즉 사주에 대한 비판으로 이어졌다. 〈조선일보〉 사주는 방일영, 방우영 형제였다. 이중 방일영 회장은 신문사 운영을 일찌감치 동생인 방우영 사장에게 맡기고 물러나 유유자적하고 있었다. 방우영 사장은 군부 독재 세력을 노련하게 다루며 신문을 정상頂上으로 올려놓는 경영술을 발휘했지만, 젊은 기자들의 눈에는 그런 그가 좋게 보일 리 없었다. 특히 정부에 대한 비판적인 기사가 편집국에서 잘려 못 나가면 젊은 기자들은 뒷전에서 방 사장을 성토했다.

기자는 회사 직원이 아니라 한 사람의 언론인

1987년 6·29 선언 이후 민주화 물결이 일면서 〈조선일보〉 기자들도 노조를 만들어 경영진을 압박했다. 그때 젊은 기자들은 방 사장을 '독재정권에 협조한 사주'로 보았고, 노조는 '사원 지주제持株制'를 요구했다. 그러나 사측은 경영권을 노조가 나눠 갖자는 의도로 보고 거부했다.

급기야 노조는 파업을 모의했다. 나는 노조 1, 2대 조직부장으로, 노조 결성 당시 문선 · 정판 · 윤전 · 발송 · 운수부 등 신문사 '블루 컬러' 노동자들을 일일이 설득해 노조에 가입시켰다. 그런 만큼 이들에 대한 내 영향력은 클 수밖에 없었다. 나는 이들을 일일이 만나 파업을 하자고 설득했다.

결국 회사 창립 70주년이 되는 잔칫날(1990년 3월 5일)을 며칠 앞두고, 우리는 〈조선일보〉 역사상 처음이자 마지막 파업을 시도했다. 그러나 노조의 무리한 행보 때문에 파업은 결국 실패로 끝나고 말았다. 사주 측에서 보면 노조 핵심부는 용서하기 어려운 행동을 저지른 것이었다. 그러나 회사는 노조 위원장을 제외하고는 크게 문제 삼지 않았다. 파업 주도의 핵심인물 중 하나였던 내게는 신문에서 잡지로 근무처를 옮기는 좌천성 인사 정도로 일단락됐다. 이런 회사의 화합 모드에는 방 사장 등 당시 경영진의 포용력과 이해가 크게 작용했다. 방 사장은 나중에 이렇게 말했다.

"기자들은 자존심을 먹고사는 직업이라 한 번 명분을 내걸면 후퇴하기가 힘들다. 그러나 그런대로 극복할 수 있었던 것은 투쟁을 하면서도 회사의 앞날을 생각하는 진지한 고민을 함께 했기 때문이다."

그로부터 몇 년 뒤인 1997년, 나는 홍콩특파원으로 발령받았다. 공교롭게도 홍콩은 사주社主 일가가 자주 드나드는 곳으로, 다른 지역 특파원과 다르게 각별히 신경을 써야 했다. 홍콩특파원으로 부임한 지 며칠 지나지 않아 방우영 회장 일행이 들렀다.

난감했다. 파업 후 7년 가까이 거의 마주친 적이 없던 분이다. 그는 1993년 사장직을 조카인 방상훈 전무(방일영 고문의 장남)에게 물려주고 본인은 회장으로 일선에서 물러나 있을 때였다. 방 회장 일행이 며칠 머문 뒤 서울로 돌아갈 무렵 일행 중 한 사람이 내게 물었다.

"아니, 회장님이 함특(함 특파원의 준말)을 별로 안 좋게 생각하시나봐? 무슨 이유가 있소?"

나는 옛날 파업 상황을 떠올렸다. 그가 그때 나를 잊을 리 없다…. 나는 멋쩍은 표정만 지었다.

이후 방 회장은 1년에 서너 차례씩 홍콩에 왔다. 나는 방 회장이 나를 마뜩치 않게 생각할 것이라고 짐작했다. 그런데 한 가지 확실한 점은 방 회장이 나를 회사 직원이 아니라 언론인으로 대우한다는 것이었다. 외국에서 고생하는 기자에게 배려를 하겠다는 그런 마음이 보였다. 어쩌다 함께 온 일행의 짐을 내가 들어주면 그 짐 주인에게 불호령이 떨어졌다.

"아니, 당신은 손 없어? 왜 특파원을 부려먹어!"

아침에 일찍 호텔에 와 로비에 앉아 있으면 이렇게 말했다.

"가서 일봐야지. 여기 왜 와 있어. 여기 일은 내가 알아서 할 테니 가서 일하라우. 내가 부를 때만 오면 돼."

식사를 할 때도 나를 말석이 아니라 일행과 동등하게 대접했다. 대신 한 가지 주의해야 한다면, 음식을 맛있게 잘 먹어야 한다는 점이었다. 우리 전통 식사 예절을 배운 '옛날 분'이라 음식을 깨작깨작 먹거나 남기는 것을 무척 싫어했다.

시간이 지나면서 방 회장과 나는 서서히 가까워져 갔다. 그는 매우 솔직담백한 성격이었다. 에두르는 표현이나 이중적인 자세가 없었다. 좀 우직한 편인 내 성격과도 맞았다. 홍콩에 부임한 지 2년쯤 지났을 때, 내가 언론계 친목단체인 관훈 클럽에서 주는 외신기자 보도부문상을 수상했다. 그 무렵, 방 회장이 처음으로 내게 사적인 이야기를 했다.

"함 차장, 내가 자네 부친을 아네."

나는 깜짝 놀랐다. 내 아버지는 〈동양통신〉 기자로 활동하시다 1957년 사고로 돌아가셨다. 〈조선일보〉에선 방 회장의 사촌형인 고故 방낙영 씨와 국방부 출입을 같이해 친했다는 이야기는 들었지만, 방 회장과 아는 사이라는 이야기는 금시초문이었다. 방 회장은 말을 이었다.

"내가 용돈도 받아 쓴 적이 있었지. 자네 부친이 좀 걸걸하셨어."

빙그레 미소를 지으면서 과거를 회고하는 이야기를 해주었다. 그 이야기를 들으면서 방 회장이 내게 마음의 문을 열고 있구나 하는 생각을 가졌다. 이후 방 회장은 자신의 기자 생활을 얘기해주었고, 우리는 자연스레 사적인 대화를 나누게 됐다. 또 홍콩을 드나드는 원로 정객이나 관료, 언론인 출신들의 입을 통해 과거 방 회장에 관한 이야기를 듣게 됐다.

밑바닥 현장부터 다시 시작한 30대 사장

방우영은 1962년 34세 나이에 사실상 〈조선일보〉 경영을 맡게 됐다. 당시 〈조선일보〉 발행 부수는 10만 부도 안돼 〈동아일보〉·〈한국일보〉·〈경향신문〉에 뒤지는 4위였다. 뿐만 아니라 신문사는 지금 돈으로 따지면 수백억 원의 빚더미에 쌓여 있었다. 그에게 가장 시급한 일은 사원들에게 월급을 제때 주는 것이었다. 걸핏 하면 대출 융자금을 회수하겠다고 협박하는 군사정권으로부터 재정적으로 독립해야 했다.

그는 신문사 경영을 밑바닥 현장에서부터 알아야겠다고 마음먹었다. 낮에는 업무국, 공무국의 여러 부서들을 두루 돌아다녔고, 저녁 마감이 끝나면 편집국에 들러 기자들과 어울렸다. 밤이 되면 사무실에 야전침대를 갖다 놓고 야근을 했다. 새벽 시내판이 나오면 지프차를 타고 서울 시내 보급소를 순회했다. 거기서 보급소장과 배달 소년들로부터 현장 이야기를 들었다.

이후 그는 기존 서울 보급소장의 절반을 교체했다. 대신 보급소에서 일하는 똑똑한 총무들을 수소문해 "성공하면 보급소장 시켜줄 테니 뛰어라." 하고 약속했다. 희망을 갖게 된 젊은 총무들이 이를 악물고 판매 부수를 늘리기 시작했다.

광고 수입을 늘리기 위해 그는 '머리 좋고 뛰어난 기자'들을 설득해 광고 업무를 맡겼고, 스스로도 광고 유치에 나섰다. 아침 신문 배달을 위해 그는 군으로부터 군용 지프차 6대를 불하받아 발송업무에 투입했다. 운전면허가 있는 방우영은 손이 모자랄 때는 직접 지프차를 몰고 영등포쪽 발송을 맡았다.

이런 피나는 노력으로 〈조선일보〉 발행 부수는 경영을 맡은 지 불과 3년 만인 1965년에, 전보다 2배가 넘는 20만 부를 돌파했다.

신문사의 재정을 확충해 나가면서 그는 인재 영입에 박차를 가했다.

'1등 하는 사람들 데려다가 1등 대접을 하면 1등 신문은 저절로 된다.'

그런 정신으로 좋은 기자들을 스카우트해오고, 동종 업계에서 최고의 월급을 주었으며 그들의 자존심을 세워주었다.

당시 군사정권은 기사의 논조가 마음에 안 들면 걸핏하면 기자를 연행해 혼을 내주거나, 사주에게 돈줄을 끊겠다고 협박하곤 했다. 1964년 6·3 사태 후

군사정권이 언론윤리위원회법을 만들어 언론을 장악하려고 했다. 이를 〈조선일보〉 방우영 사장과 〈동아일보〉 천관우 주필이 적극적으로 반대해 무산되자, 이후 정부는 은행 융자금을 회수하고 당시로선 귀한 신문용지 공급을 중단시키는 보복조치를 하려고 했다.

1968년 김형욱이 중앙정보부장으로 있던 시절에는 기자들이 하루가 멀다 하고 정보부가 있는 '남산'에 끌려가 곤욕을 치렀다. 이럴 때면 방 사장이 쫓아가서 애걸복걸해서 기자들을 데리고 나오곤 했다. 하도 자주 드나드는 바람에 출입문 경비병이 그를 알아볼 정도였다.

1973년 김대중 납치사건 뒤 정부의 보도통제가 더욱 심해지자 당시 선우휘 주필은 혼자 책임질 요량으로 밤에 홀로 나와 윤전기를 세우고 사설을 교체했다. 이튿날 아침 정부를 신랄하게 비판하는 사설이 나가자 세상은 발칵 뒤집혔고 주필은 사직서를 내고 잠적해버렸다.

하지만 방 사장은 이 문제를 불문에 붙였다. 얼마 후 복귀한 선우 주필이 방 사장에게 용서를 구한 뒤 물었다.

"만약 제가 사장님께 사설을 교체하겠다고 먼저 양해를 구했다면 들어주셨겠습니까?"

방 사장의 답은 명쾌했다.

"아니오. 못 나가도록 막았을 겁니다."

고故 이규태 논설위원이 들려준 이야기가 있다.

젊은 시절 방 사장은 자신보다 나이가 많은 논설위원들과 자주 어울렸다. 한

방우영 조선일보 사장(오른쪽에서 두 번째)이 1982년 10월 판매국 새 사무실에서 열린 축하연에서 신동호 주필(맨 오른쪽), 최병열 편집국장(맨 왼쪽) 등 본사 간부들과 격의 없이 대화를 나누고 있다. [조선일보]

번은 등산을 갔는데 비가 왔다. 방 사장은 자신이 입고 있던 윈드 재킷을 벗어 고참 논설위원에게 입혀주었다.

"감기 걸리면 안 되십니다."

하산 길에 비가 그치고 해가 났다. 논설위원이 입고 있던 윈드 재킷을 벗어 돌려주려고 했다. 그러자 방 사장이 손사래를 쳤다.

"에이, 그거 입던 건데 그냥 입으세요. 저보다 더 잘 어울리시던데요."

그러자 그 논설위원도 부담 없이 걸치고 그냥 돌아갔다. 속으로는 횡재했다고 생각하면서…. 지금은 흔하지만 40여 년 전 만해도 윈드 재킷은 귀한 물건이었다.

그러나 방 사장의 이런 행동은 치밀하게 계산된 것이었다. 이규태 위원은 신문사 다른 사람들과의 등산 모임에서도 방 사장이 이와 똑같은 행동을 반복하는 것을 보고 감복했다.

"신문 기자들이 자존심이 세잖아. 젊은 사장이 마치 하사하는 식으로 물건을 준다면 좀 언짢아할 수도 있지. 그러니까 자신이 입던 것처럼 꾸미고 평소에 좋게 생각하던 사람에게 자연스럽게 주는 방식을 택한 거지. 또 당시만 해도 물자가 귀한 시절이라 모두에게 나눠줄 수도 없는 형편이니까, 그런 방법으로 특정인에 대한 자신의 성의를 나타낸 거지. 방 사장에게 그런 깊은 구석이 있더라고."

1970년대 들어 방우영의 경영은 더욱 진가를 발휘했다. 국내 신문 사상 최초로 컬러 인쇄기를 도입, 흑백에서 컬러신문으로 변화를 꾀했다. 또한 당시는 외국 여행을 꿈도 못 꾸던 시절이었다. 그러나 방우영은 '신문에 세계를 넣어라.'라는 모토를 걸고 미주, 유럽, 중남미, 아프리카 등지에 기자를 보내 특집기사를 만들어 연재하게 했다.

정비석, 이병주, 최인호 등 당대 최고의 문인들을 통해 신문 연재소설의 전성시대를 열었고, 《한국인의 의식 구조》로 유명한 이규태를 비롯해, 선우휘, 김대중, 유근일, 최청림 등의 화려한 칼럼니스트 시대도 만들어 나갔다.

한국 언론 산업을 실질적으로 이끌어간 진정한 신문인

1980년대 후반 민주화 이후 양김이 차기 대통령을 놓고 대결 국면에 들어갔을 때, 방 회장은 인간적으로 김대중(DJ)보다 김영삼(YS)과 더 가까운 편이었다. 그로 인해 DJ와는 섭섭한 관계가 됐다. 1989년 〈조선일보〉와 DJ의 평민당 간에 불거진 '조 · 평 사태'가 단적인 예였다.

1997년 말 외환위기로 YS 정권이 추락하고 DJ가 정권을 잡으면서 우리나라 정치지형도 바뀌기 시작했고, 언론계도 변화를 겪었다. 〈조선일보〉는 부수나 영향력에서 1등 신문이기는 했으나 새 정부 하에서 이른바 '진보' 등 여러 세력들로부터 공격을 받기 시작했다.

홍콩특파원 생활이 5년차로 접어든 2001년 1월 초, 홍콩에서 김대중 대통령의 연두 기자회견 내용을 살펴보던 방 회장이 불쑥 내게 말했다.

"올해는 이곳에 자주 오기 어려울 것 같네."

정권의 언론 탄압과 길들이기를 수십 년간 겪은 방 회장으로서는 김 대통령이 "언론 개혁의 필요성"을 운운한 발언을 듣고 향후 언론탄압이 닥쳐올 것을 동물적인 감각으로 알아차린 것이다. 사실 김대중 정부는 2000년 6월 15일 남북정상회담 이후 〈조선일보〉의 남북문제 관련 논조에 대해 노골적인 불만과 압력을 넣어왔었다.

결국 걱정은 현실화됐다. 1월 말 국세청은 중앙 언론사 23개 사에 대한 세무조사에 착수했다. 5월 말, 갑자기 회사로부터 전화가 왔다.

"내일 당장 들어와. 당신 사회부장이야."

깜짝 놀랐다. 외국에 오래 나가 있던 나를 갑자기 핵심보직에 앉히다니…. 김대중 정권이 세무조사를 빌미로 〈조선일보〉와 〈동아일보〉를 겨냥해 전면전을 선포하자 신문사는 이에 대항한 '방탄' 편집국 체제를 만들었다. 나를 적극 천거한 이가 방 회장이었다.

그로부터 3년 반 뒤에 나는 〈조선일보〉를 나왔다. 신문사에서 내게 기자직보다는 사업국에서 일해주길 원해 사표를 냈다. 입사한 지 21년 3개월 만이었다. 작별 인사를 드리러 찾아갔을 때 방우영 회장의 첫 반응을 잊을 수 없다.

"뭐해서 먹고 살려고?"

80세에 가까운 고령인데도 이북식 억양이 섞인 큰 목소리로 말했다.

"당신 사업국이 싫다며, 글 쓴다구? 그래, 함 부장은 글쟁이야. 아버지도 그랬잖아. 〈조선일보〉에 글 쓰라구. 〈월간 조선〉, 〈주간 조선〉에도 쓰고. 돕고 살자고. 어려운 일 있으면 말해."

나는 가슴이 뜨거워졌다.

방우영은 내가 초년병 기자 시절 막연히 알던, 권세에 아첨하거나 기자들을 억누르고 자기 마음대로 군림하는 사주가 아니었다. 이 풍진세상에서 권력과 금력의 그늘에서 벗어나 독립적인 1등 신문을 만들려고 노력한 신문인이었다. 물론 그도 약점이 있고 허물도 있다. 그러나 인간인 이상 그런 것이 없는 이가 어디 있겠는가. 방우영은 30대에 대표이사로 취임, 〈조선일보〉를 한국의 1위 신문으로 끌어올렸을 뿐만 아니라 1970~1990년대 한국 언론 산업을 실질적으로 이끌어간 지도자였다.

내가 보는 그의 리더십은 두 가지 특징이 있다. 하나는 편집국뿐 아니라 배달 · 발송 · 공무 · 광고 등 모든 현장에서 사원들과 뒹굴며 상황을 파악하고 경영에 반영하는 '밑바닥 체질'이란 점이었다.

다른 하나는 그가 인재를 알아보고 발탁하고 믿고 맡기는 용병술이었다. 그는 일반 기자 인사를 할 때도 편집국장에게 맡겼으며, 자신이 직접 관여하거나 독단적으로 하지 않았다. 이런 이면에는 소탈하고 솔직한 성품과 함께 웃고 울 줄 아는 '인간성'이 자리 잡고 있었다.

방우영 밑에서 편집국장을 했던 안병훈 전 〈조선일보〉 부사장(현 도서출판 기파랑 대표)의 얘기다.

"4년 가까이 국장을 하면서 기자 인사는 거의 다 내가 했다. 방 사장이 내게 부장 보직 인사를 '부탁'한 것이 단 두 번이었다. 그것도 아주 미안한 투로 '밖에서 그 사람을 좀 발탁해달라고 하는데, 나를 봐서 한번 들어주게.' 라고 말했다. 방 사장은 그런 사람이다."

90세를 바라보는 방우영은 귀도 잘 안 들리고 몸도 그리 편치 못하다. 그러나 기개는 아직 남아 있는 듯하다. 여전히 시국을 걱정하고, 신문을 생각하고, 기자들과 어울리던 때를 그리워한다. 그러나 지금 그를 찾아오는 사람은 별로 없다. 이런 모습을 보면서 우리나라는 원로를 알아볼 줄도 모르고, 대접도 하지 않는구나 하는 생각을 지울 수 없다.

나는 방 회장을 가끔 찾아가 뵌다. 그에게 뭘 부탁하기 위해서가 아니라 그냥 순수한 마음에서다. 찾아가고 싶고, 찾아갈 수 있는 어른이 있다는 것은 행복한 일이다.

12

정공법으로 뚫고 나간 인고의 세월

김대중

1997년 12월 18일, 제15대 대통령 선거에서 새정치국민회의 김대중 후보가 한나라당 이회창 후보를 불과 39만 표 차로 누르고 당선됐다. '외환위기'가 절정인 상황에서 무엇보다 세계 여론의 반응이 궁금했다. 당시 홍콩특파원이던 나는 아침 일찍 완차이灣仔 사무실로 나갔다. 수북이 쌓인 신문 중에서 제일 먼저 〈아시안 월스트리트 저널〉을 펼쳐들었다. 미국의 대표적 보수지다. 순간 "한국에 민주주의가 만개하고 있다."는 제목이 눈에 들어왔다. '한국통' 돈 커크 기자는 "남아공의 넬슨 만델라나 폴란드의 레흐 바웬사의 당선에 버금가는 쾌거"라며 극찬했다.

나는 안도했다. 다른 언론들도 호의적이었다. 당시 우리나라는 절체절명絕體絕命이자 고립무원孤立無援의 상황이었다. IMF 사상 최고인 미화 550억 달러의 구제금융을 받게 되었지만 기업 도산은 가속화되고, 외환·증권 시장은 붕괴 직전이었다. 연초에 미화 1달러 당 800원 하던 환율이 1,500원을 돌파했고, 주가는 하루 10%씩 폭락하고 있었다.

그러나 우방인 미국과 일본은 철저히 방관했다. 김영삼 정권 말기 한·미 관계는 심각했다. 외국 언론들은 라틴 아메리카식의 국가부도(디폴트) 사태를 예견했다. 당시 한국의 국가 신인도는 최악이었다. 한마디로 한국은 '믿을 수 없는 나라' 였다.

인기 영합보다 정공법 택한 DJ

이런 상황 속에서 국제 여론이 김대중 당선을 반겼다는 사실은 의미심장했다. 김대중 대통령은 당선되자마자 기민하게 움직였다. 당초 "IMF 재협상" 우려와 달리 "외환위기는 우리 탓"이라며 책임을 인정했다. 사실상 면접심사를 하기 위해서 온 데이비드 립튼 미 재무차관에게 "IMF 구제조건을 성실히 이행하겠다."고 약속했다. 이에 외신은 환영했다. 심지어 "외환보유고가 바닥나 언제 파산할지 모르겠다."는 그의 실수성 발언에도 "한국이 드디어 진실을 말한다."며 호평했다.

마침내 꿈적 않던 미국이 움직였다. 12월 25일 0시(미국 시간으로 24일 오전 11시), 서방 13개국이 우선 연말까지 받아야 할 빚(단기채무)을 이듬해로 연기해주고, 추가로 100억 달러를 조기 지원하겠다고 발표했다. 클린턴 정부가 한국에 주는 성탄절 선물이었다. 한국 경제의 수직 낙하에 브레이크가 걸렸다.

하지만 IMF 후폭풍이 본격화되면서 1960년대 이후 처음으로 실직자들이 쏟아져 나왔다. 서울역 등지에 노숙자가 넘쳐났다. 곧 노사갈등이 전쟁처럼 불거질 상황이었다. 그러나 대통령에 취임한 김대중은 한국 역사상 가장 강도 높은 구조조정에 착수했다. 대우그룹이 공중 분해되고, 현대·삼성그룹의 일부도 쪼개졌으며, 부실 금융기관 정리가 무자비하게 진행됐다.

사실 국민들은 승승장구하던 우리 경제의 몰락을 이해할 수가 없었다. 김대중 대통령은 인기에 영합하기보다 정공법을 택했다. 국민들에게 고통 분담과 애국심을 호소했다. 국민들은 감내했다. 그중에서도 압권은 "나라를 살립시다. 금을 모읍시다."라며 전개된 '금 모으기 운동'이었다.

DJ가 당선된 직후인 1998년 1월부터 3월까지 2개월간 진행된 이 운동은 코흘리개에서부터 백발노인에 이르기까지 총 349만 명이 참여해 미화 21억 달러에 달하는 225톤의 금을 모았다. 전 세계가 깜짝 놀랐다. 이런 노력들 덕분에 한국은 당초 예상했던 것보다 3년 앞당긴 2001년 8월에 IMF를 졸업했다.

돌이켜보면 6·25 이후 최대 국난國亂이던 위험천만한 시기에 김대중 대통령의 리더십은 탁월했다. 복잡한 국제·금융·언론 메커니즘을 꿰뚫어 보고, 현실을 풀어나가는 디테일을 알고 있었다. 자신을 낮추고 상대방을 설득시킬 수 있었다. 무엇보다 인상 깊은 것은 국민에게 끌려가지 않고, 국민을 끌고 갔다는 점이었다.

지역주의에 빠진 측근들의 권력 남용

집권 4년차에 접어든 2001년 1월 초, 김대중 대통령은 연두 기자회견에서 '언론개혁의 필요성'을 비쳤다. 2000년 6월 북한 방문, 12월 노

벨평화상 수상으로 기세등등하던 시절이었다.

바로 앞 장에서 말한 것처럼, 마침 홍콩에 와 있던 〈조선일보〉 방우영 회장이 이를 보고 말했다.

"올해는 더 이상 여기 오기 어렵겠네."

그의 예측대로 1월 말 안정남 국세청장이 중앙언론사 23개 사에 대한 세무조사를 발표했다. 소위 '언론개혁'의 실행이었다. 홍콩에 있던 나는 5월 말 본사로부터 전화를 받고 바로 귀국했다.

바야흐로 김대중 정권과 언론과의 전쟁이 시작됐다. 그러나 정확히는 소위 '조중동'으로 일컬어지는 보수 신문사 3곳을 겨냥한 것이다. 국세청·검찰·공정위가 총동원돼 샅샅이 뒤지기 시작했다.

그들은 개혁을 내세웠지만 방법은 '옛날 그대로'였다. 신문사 간부들에 대한 도청과 유언비어, 협박이 노골화됐다. 긴장을 견디지 못한 어느 언론사 사주 부인은 아파트에서 투신자살했다. 그와 함께 회유작전도 병행했다. 청와대와 국세청은 전형적인 '위스키 앤 캐시Whisky & Cash' 작전으로 나왔다. 내게도 돈 봉투를 주고 룸살롱으로 초대하려고 했다.

신문사도 기업인 이상 세무조사를 받는 것은 당연하다. 그러나 역대 정권들은 실제 비리척결이 아니라, 언론사가 정권에 협조하도록 만들기 위해 칼날을 휘둘러왔고 DJ 정권도 예외는 아니었다.

4년 반 만에 귀국해보니 한국 권부權府가 '권력에 만취한' 느낌을 받았다. 청와대·여당·검찰·국정원·기무사·경찰 간부 등 이른바 정권 실세들이 유착해 얽히고설켜 돌아가고 있었다. 여기에 민간 사업가들과 조폭까지 가세해 각종 '게이트'를 양산했다. 이용호 · 정현준 · 진승현 · 최규선 게이트 등…. 이 모든 것의 밑바닥에 '지역주의Regionalism'가 도사리고 있었다.

건국 이후 처음 호남 정권이 들어서면서 그동안 차별받던 지역 인맥들이 뭉쳐 온갖 특혜와 이권에 개입하고 있었는데, 과거 영남 정권 시절보다 결코 덜하지 않았다. 설상가상으로 호남 지역마저 균열되고 있었다. 호남 인맥이 전남과 전북으로 갈리고, 전남은 광주와 목포로, 광주는 다시 특정 고교들끼리 갈등을 겪는 소지역주의의 세포 분열이 일어나고 있었다.

심지어 정권과 언론 간 전쟁이 한창일 때 현직 국정원 간부들이 동료의 비리를 제보하려고 내가 몸담은 신문사를 찾아오기도 했다. 김대중 정권 초기에 잘나가던 전남 인맥이 전북 출신에게 밀리면서 반기를 든 것이다. 나는 기가 막혔다. 대한민국 정보기관이 이렇게 되다니…. 결국 집권 5년차인 2002년에는 김대중의 차남, 삼남마저 게이트에 연루돼 구속됐다. 김대중 정권의 전반기가 명明이라면 후반기는 명백한 암暗의 시대였다.

임기 말엔 두 아들도 비리 연루돼 구속

한국을 'IMF 사태'로 빠뜨린 외환위기는 아시아 전역을 강타했다. 특히 수하르토의 32년 군부독재에 시달리던 인도네시아가 심각했다. 1998년 2월부터 시위 · 농성 · 약탈 사태가 활화산처럼 터져 나왔다. 한국처럼 IMF의 고강도 처방을 받으면서 생활이 극도로 어려워지자, 수하르토 퇴진 요

IMF 위기가 본격화되던 1998년 2월 김대중 차기 대통령이 서울 삼성동 한국종합전시장을 방문, 해외 바이어들에게 적극적인 한국 제품 구매와 대한 투자를 요청하고 있다. [조선일보]

구와 민주화 불길이 거세게 일어났다.

그해 5월, 수도 자카르타 소재 트리삭티대에서 학생 6명이 경찰의 총을 맞아 숨지는 사건이 일어났다. 이후 시위대는 폭도로 변했다. 현장에서 취재 중이던 나는 이들이 시내 전역을 돌아다니며 방화·약탈·파괴를 벌이는 무정부 상황을 목격했다. 9일 뒤 수하르토는 32년 철권통치를 접었다.

당시 인도네시아 경제는 우리의 1970~1980년대 개발독재 시대와 비슷했다. 총칼로 반대 세력을 억누르고 권력을 유지하는 통치 형태도 비슷했다. 그러나 한 가지 다른 점도 있었다. 박정희가 개인적으로 부패와 담을 쌓은 반면, 수하르토 일가一家는 그렇지 않았다. 친인척 20여 명이 인도네시아 알짜 국부를 거머쥐고 있었던 것이다.

이런 상황은 한때 '아시아의 모델'로 불리던 필리핀도 마찬가지였다. 박정희보다 4년 뒤인 1965년에 집권한 마르코스는 1970년대 부인 이멜다(마닐라 시장)와 아들(대통령 보좌관) 등을 중심으로 족벌 독재 체제를 구축, 부정축재를 자행하는 바람에 '아시아의 환자'로 추락하고 말았다.

아시아 국가들은 대부분 비슷한 현대사를 가지고 있다. 우리처럼 식민 지배를 받다가 1945년 2차 세계대전 종료 후 독립했다. 그때 이들의 형편은 대부분 우리보다 나았다. 그러나 50년이 흐른 후의 상황은 달라졌다. 뒤처져 있던 한국은 산업화 · 민주화를 다 이룬 우등생이 되었지만, 아시아 국가들 중 상당수는 어느 하나도 이루지 못한 만년 후진국에 머물러 있다. 한때 쌀 수출 세계 1위로 아시아의 부자였던 미얀마 역시 빈곤과 독재에 신음하고 있었다. 우리의 5 · 16 다음 해인 1962년 군사쿠데타로 집권한 네윈은 40년 가까이 국민들이 숨도 못 쉴 정도로 철권통치를 자행해 오면서 나라를 세계 최빈국으로 전락시켰다.

이들 나라의 공통점은 박정희 같은 걸출한 지도자도 없지만, 김대중 · 김영삼으로 대표되는 강력한 민주화 세력도 없었다는 점이다. 때문에 일단 권력을 잡으면 견제나 제어를 받지 않고 '절대 권력→절대 부패'로 이어졌다.

전사 박정희 vs. 선비 김대중

정치인 김대중의 가장 큰 업적은 민주화를 통해 산업화를 '완성'시켰다는 점이다. 세계가 경탄하는 '한강의 기적'은 박정희라는 걸출한 독재자뿐 아니라 김대중 등 뛰어난 야당 지도자들의 견제와 비판이 있었기에 성취될 수 있었다. 만약 박정희만 있고 김대중이 없었다면 어떻게 됐을까?

우리는 인도네시아 · 필리핀 · 미얀마 · 중동 · 북한 등 다른 개도국들이 걸어간 길, 즉 '독재→절대 권력→부패→쇠락→침몰'의 길을 걸어갔을 수 있다. 그러나 김대중을 정점으로 한 민주화 세력이 독재정권의 실정失政에 대해 줄기차게 항거한 덕분에 산업화 세력이 끊임없는 자기비판과 수정을 해가며 제 궤도를 달릴 수 있었다. 그 덕분에 산업화가 이뤄지고, 그 물적 토대를 바탕으로 민주화가 안착해 명실상부한 '한강의 기적'이 이룩될 수 있었다.

이런 관점에서 볼 때 김대중과 박정희는 동시대에서는 라이벌이자 앙숙이었지만, 역사적 관점에서는 한강의 기적이란 대장정을 성취한 환상의 파트너요 동지였다.

두 사람은 상이한 성격과 경력의 소유자다. 김대중이 인고忍苦의 세월을 견디며 양심과 원칙을 중시하는 온유한 선비 스타일이라면, 박정희는 혁명을 일으킬 정도로 과단성 있고 목표를 성취하기 위해 독재도 불사하는 냉혹한 전사戰士다.

만약 김대중만 있고 박정희는 없었다면 어떻게 됐을까?

5 · 16이 일어난 1961년은 1인당 국민소득 82달러의 최빈곤국 시절이었다. 나

약하고 무능한 장면 정권의 후임으로 박정희 대신 김대중이 등장했다면 나라는 어떻게 됐을까? 아마도 과거 인도와 같은 모습이 아니었을까? 그리고 본인도 온갖 혼란 속에서 고민하고 흔들리다가 결국 좌절하고 마는 실패한 정치인으로서 기록되었을지도 모른다.

정치인 김대중도 공과功過가 있다. 그러나 전체적으로 볼 때 그는 박정희와 함께 시대적 역할을 훌륭히 수행해 나갔다. 그러나 과연 후손인 지금 세대는 시대적 역할을 잘하고 있는 것일까?

13

소신에
미쳐본 적 있나?

조갑제

사람들은 평판을 중시한다. 남이 나를 어떻게 보느냐에 무척 신경 쓴다. 그러나 평판은 객관적 사실fact보다 주관적 의견opinion에 더 좌우된다. 내 편인가 아닌가, 내게 유리한가 아닌가로 결정된다. 평판은 이성적이지 못하다. 특히 한국 사회에서는….

언론인 조갑제에 대한 평판이 대표적이다. 보수 세력은 그를 '시대적 양심'이라며 높이 보나, 진보 세력은 '극우 수구'라고 폄훼한다. 1980년대 민주화 운동 당시 그는 대중의 전폭적인 지지를 받는 언론인이었으나 지금은 호불호好不好가 너무나 분명하게 갈린다. 지금 북한에서 가장 싫어하는 언론인이 조갑제다.

그러나 여러분은 아는가. 과거 북한이 가장 좋아하고 존경하기까지 했던 남조선 기자가 조갑제였다는 사실을?

판문점 가면

"조갑제 어떤 사람이야?"

1987년 12월, 민주화 이후 첫 대통령 선거를 앞두고 대한항공 858 여객기가 공중 폭발했다. 탑승자 280여 명 전원이 사망했다. 다행히 기내에 폭발물을 설치한 공작원 김현희를 체포해 북한 소행임을 입증할 수 있었다.

이듬해 2월 노태우의 6공 정부 출범을 앞두고 유엔 안전보장이사회에서 문제의 858기 폭발사건을 놓고 첨예한 남북대결이 시작됐다. 우리 정부에선 최광수 외무장관, 김경원 주미대사, 박근 유엔대사 등이 총출동했다.

뉴욕에서 근무하고 있던 나는 유엔본부로 가 취재했다. 미국 · 영국 · 프랑스 · 중국 · 소련(지금의 러시아) 등 15개 이사국이 참여하는 안보리 분위기는 우리 측에 유리하게 진행되고 있었다. 북한 공작원의 테러를 입증하는 각종 증거자료가 속속 제시됐다.

이때 북한 박길연 유엔대사의 발언이 시작됐다.

"남조선 군부파쇼 집단은 자기들이 저질러놓은 일을 모두 우리에게 덮어씌운다. 작년(1987년) 초 서울대생 박종철 군을 누가 죽였나? 바로 남조선 괴뢰경찰이 물고문으로 죽였다. 그들은 수많은 민주인사와 학생들을 투옥하고 고문하고 간첩으로 조작했다…."

그는 북한 공작원의 여객기 폭파라는 사건의 본질과는 관계없이, 한국의 군사 독재 상황에 초점을 맞춰 이야기를 끌고 갔다.

"지난 1980년 민주화를 바라는 광주의 애국시민과 학생들을 살육하고 정권을 강탈한 무리들이 누구인가? 지금 전두환 괴뢰도당 아닌가…."

박길연은 민주화 운동 탄압 사례를 교묘히 조합하면서 이 사건이 남한의 자작극이라고 주장했다. 회의장은 술렁거리기 시작했다.

"얼마 전 남조선 스파이 집단 두목을 지낸 이후락(전 중앙정보부장)이 〈월간 조선〉 조갑제 기자와 인터뷰를 했다. 그는 1973년 박정희의 지시로 김대중을 일본에서 납치, 살해하려다 미수에 그쳤다고 폭로했다…."

내용이 왜곡된 '이후락 증언'의 충격파는 컸다. 서방국 대표단들의 표정도 곤혹스럽게 변했다. 마침내 박길연의 주장이 클라이맥스에 도달했다.

"여러분, 그 김대중을 죽이려던 괴수 박정희는 또 어떻게 됐나? 자기 부인은 동족(재일교포 문세광)의 손에 잃었고, 자신도 오른팔인 중정 두목 김재규 손에 암살되지 않았는가…."

하도 한국 쪽의 아픈 데만 건드리는 통에, 어느새 사건의 본질은 없어지고 분단된 약소국 내부의 험담이 난무하는 토론장으로 변해버렸다. 사실 북한 박길연이 인용한 〈월간 조선〉의 이후락 인터뷰는 조갑제가 아니라 오효진 기자가 한 것이었다. 그런데 북한 측이 이를 조갑제 기자로 착각한 것은 당시 〈월간 조선〉의 특종이나 폭로기사 상당 부분이 조갑제의 작품이었기 때문이다. 그는 그 시절 최고의 취재력을 과시하던 대한민국 '대표' 기자였다.

1971년 부산 〈국제신문〉에서 기자 생활을 시작한 조갑제는 두 차례나 해직을 당하고 〈월간 마당〉, 〈월간 조선〉 기자를 거치면서 박정희의 유신은 물론 5공 군부독재 정권의 실상을 집요하게 파헤쳤다.

'포항 석유 경제성 없다', '히로뽕-코리언 커넥션', '고문과 조작의 기술자들', '이수근은 간첩이 아니었다', '부마사태와 10·26 사건의 내막', '공수부

1980년대 군부독재 정권의 내막을 파헤치며 명성을 날리던 조갑제 기자의 월간조선 편집국 시절 모습. [조갑제닷컴]

대의 광주사태', '국가안전기획부', '한국 내 미 CIA의 내막', '주한 유엔군 사령부', '전두환의 금맥과 인맥' 등등….

특히 1980년 5월 광주 민주화 운동이 일어나자, 휴가원을 내고 홀로 광주로 들어가 그 험한 상황을 샅샅이 취재한 뒤 5년 뒤인 1985년 〈월간 조선〉에 발표하면서 큰 반향을 불러일으켰다. 당시 야당과 재야, 운동권 세력은 그에게 열렬한 지지를 보냈다.

뉴욕에서 돌아온 이듬해(1989년) 국방부를 담당하게 된 나는 판문점 군사정전 회담을 취재하러 갔다. 관례에 따라 군사분계선을 넘어 북한 기자단 대표에게 '신고식'을 했다. 상대는 북한 정부기관지 〈민주조선〉 기자인 김상현.

그는 자기 이름이 김대중의 측근이었던 김상현 의원과 권투 세계챔피언을 지낸 김상현과 같다며 껄껄 웃었다.

1960년대부터 판문점에 출입했던 그는, 당시 함께 출입했던 〈조선일보〉 선배 기자들의 면면을 줄줄이 꾀고 있었다.

"용태(김용태, 국회의원 · 내무장관 역임)는 국회의원 잘하고 있나?"

"도형(이도형, 주일특파원 · 논설위원 역임)이 글 열심히 쓰대."

김상현은 우리 내부 사정에도 해박했다. 집이 어디냐고 묻기에 '개포동'이라고 했더니 "땅값 좀 올랐겠구먼." 하면서 빙그레 웃었다. 당시 서울 강남을 중심으로 아파트 값이 뛰어오르던 시절이었다.

북한 기자들과의 관계는 괜찮았다. 내 집안이 이북 출신인 데다, 〈조선일보〉 기자란 점도 작용했던 것 같다. 그때만 해도 〈조선일보〉는 북한 기자들에게 호의적으로 인식됐었다. 똑같이 '조선'이란 단어를 쓰는 데다 〈조선일보〉 사주인 방씨 일가가 평북 정주 출신이기 때문이었다. 한 북한 기자는 이렇게 말했다.

"그래도 남조선 신문 하면 전라도 부르주아가 만드는 〈동아일보〉보다 리북 사람들이 만드는 〈조선일보〉가 최고지."

당시 북한 기자들이 가장 궁금해 하는 남조선 기자가 바로 〈월간 조선〉의 조갑제였다. 북한 기자들은 그와 같은 신문사에 근무하는 나를 볼 때마다 우르르 몰려와 근황에 대해 물었다. 지금 생각해봐도 웃음이 나오는 진풍경이다.

"조갑제는 어떤 사람이야?"

"어떻게 그런 기사 쓸 수 있지?"

"거 '남산'(지금의 국정원이며 당시는 국가안전기획부) 아이들이 가만 놔두나?"

"미 8군이니 CIA니 다 까발렸던데 양키들이 항의 안 해?"

전두환 독재정권에서 통제받던 언론은 노태우 정권으로 바뀌면서 숨통이 트이기 시작한 때였다.

내가 "우리 이제 민주화되고 있잖아. 남산이 함부로 하던 시절은 지나갔어." 하고 말해주면 북한 기자들은 부러운 듯한 표정을 짓고 당부했다.

"조갑제 최고야. 안부 좀 전해줘…."

북한 기자의 '큰 형님' 격인 김상현은 나를 따로 불러 능청스러운 웃음을 지으며 이렇게 말했다.

"함 기자, 스파이(남파 간첩) 50명보다 조갑제 1명이 더 나아…."

공산권 붕괴 후엔 처참한 북한 주목

1989년 말 동구권 붕괴 이후 가난한 중국 옌벤 동포들이 우리나라에 쏟아져 들어오면서 도저히 믿기지 않는 북한의 처참한 생활상이 속속 전해지기 시작했다. 조갑제 기자는 이들 보따리장수의 북한 여행기를 다룬 '목탄차로 달리는 공화국'(〈월간 조선〉 1990년 12월호)을 기획하면서 그 실상에 놀라고 분노했다.

당시 〈월간 조선〉에서 함께 근무하던 나는 그의 분노가 '반공反共'이라는 이념의 틀이 아니라 휴머니즘에서 출발한 것이라고 느꼈다. 겉으로는 그럴싸

한 자주自主와 이데올로기를 들먹이며 호의호식하는 권력층 밑에서 비참한 삶을 이어가는 북한 동포들의 현실에 분노한 것이었다.

조갑제는 나아가 자신이 북한의 실상을 폭로해 현실을 바꾸겠다고 마음먹었다. 과거 우리 군부 독재의 성역에 도전했던 그가 민주화 이후 북한이란 새로운 성역에 도전하기 시작한 것이다. 그는 취재력을 북한에 집중함으로써 훗날 북한이 가장 싫어하는 기자가 됐다.

40여 년 전인 1970년대 초 김민기는 '친구'라는 노래를 통해 이렇게 외쳤다.

> 눈앞에 보이는 수많은 모습들
> 그 모두 진정이라 우겨 말하면
> 어느 누구 하나가 홀로 일어나
> 아니라고 말할 사람 어디 있겠소.

그때는 모든 것이 군사 독재 정권 탓인 줄만 알았다. 그러나 민주화가 돼도 '홀로 아니라고 말할 사람'을 찾는 것은 쉽지 않았다.

누구든지 자기 의견을 피력하고 행동할 수 있는 시대가 도래하자 기존의 성역에 대한 비판이 분출되기 시작했다.

갑자기 언로言路가 뚫린 '좋은 세상'이 도래하자 군사정권 시절 침묵 내지 동조하던 지식인 중에서 '열혈' 정의파 사도들이 등장했다. 그들 중에는 진정한 의미의 개방·진보적 인사도 있었겠지만, 사이비 인사들도 많았다.

그들은 새 정부가 들어설 때마다 밀착해 시대에 영합하고 여론에 아첨했다.

사건의 본질은 외면한 채 적당히 주변 여론에 호응하는 언행을 보이는가 하면, 비현실적인 줄 번연히 알면서도 마치 정답인 양 말했다.

그러나 조갑제는 정권과도, 시대와도 불화不和했다.

군부독재 때는 군사정권을 비판해 해직도 되고, 안기부로 끌려가 고생도 했지만 민주화된 후에는 민주화 정권을 비판했다. 1993년 김영삼 정권이 등장하자 그들의 섣부른 대북 접근 정책을 비판해 미움을 샀고, 햇볕정책을 추진했던 김대중·노무현 정권과는 아예 처음부터 담을 쌓았다.

통일에 대한 국민적 열망이 높아지면서 대북 유화론이 대세를 이뤘지만 그는 타협하지 않았다. 그의 확실한 대북 논조에 많은 사람들이 등을 돌렸지만 그는 꿈쩍하지 않았다. 권력자에게 아첨하는 이가 B급 아첨꾼이라면 시대에 아첨하는 이야말로 A급이다. 조갑제는 정반대다. 그는 소신을 위해 평판이고 뭐고 다 던져버렸다. 자신의 지지자였던 민주화 세력과는 등을 돌린 반면, 젊은 기자 시절 '비판' 대상이었던 박정희와는 악수했다. 박정희를 취재하면서 그의 인물됨과 실천력에 매료된 것이다.

조갑제는 대단한 집중력의 사나이다. 그가 영어와 일어를 유창하게 하는 것은 학교에서 열심히 공부한 덕이 아니라 청소년기에 미·일 프로야구에 미쳐 자나 깨나 중계방송을 들은 덕분이다.

그의 이러한 집중력은 부산 초년병 기자 시절에도 유감없이 발휘돼 그는 타사 기자들이 가장 두려워하는 '특종 기자'로 이름을 날렸다. 그는 담당 경찰서에 나가면 서장실 사환부터 교환수, 청소부, 수위 등을 모조리 포섭해 놓는 바람에 경찰서 돌아가는 소식을 서장보다 먼저 알았다는 말이 나올 정도였다.

한마디로 그는 미치는 사람이다. 미칠 줄 아는 사람이다.

1980년대 민주화 운동을 위해 언론계에서 활약한 대표적 이가 조갑제라면, 법조계에는 인권변호사 조영래가 있었다. 1985년 시국을 강타했던, 대학생들의 미국문화원 방화사건 재판을 취재하면서 당시 법조기자였던 나는 조갑제에게 조영래를 소개해주었다.

이들은 곧 의기투합했다. 앞에서 소개했듯이 두 사람 모두 대학입학 학번(65), 성씨(趙), 고향(경북 청송)이 같은 데다, 그 또래 중 자기 분야에서 최고로 인정받는 인물들이었다. 서울대 운동권의 전설이었던 조영래는 '민주화 시대의 대통령감'으로 일찌감치 인정받고 있었다. 두 사람은 이 땅에 군부 독재를 종식시키고 민주화된 선진 국가를 만들자고 다짐했고, 만나면 정의를 이야기하고 진실을 공유했다.

1986년 조갑제가 자신의 첫 책으로 《사형수 오휘웅 이야기》를 냈을 때, 조영래는 서평을 통해 "저자의 격렬한 항변과 절절한 기록을 우리는 외면해서는 안 된다."고 말했다.

조영래가 훗날 폐암으로 나이 마흔셋에 타계할 때, 조갑제는 "암과도 친구가 되어" 가슴에 품고 떠났다고 조사弔辭를 썼다.

두 사람은 모두 술은 잘 못했지만 노래는 좋아했다. 그들은 강남 신사동의 H주점에 자주 들러 애창곡을 불렀고, 나중에는 바 주인이자 피아니스트인 미모의 여인을 놓고 장난 섞인 '경쟁'도 벌였다(이 이야기는 나중 TV 단막 드라마로 소개되기도 했다).

두 사람은 노년에 마음 맞는 사람들과 어울려 살겠다며 교외 전원 주택지를 보러 다니기도 했다. 어느 날 조영래 변호사가 내게 말했다.

"우리가 부동산 투기를 좀 하고 왔지."

조영래가 세상을 뜨던 1990년 12월까지 두 사람은 명콤비였다.

내가 〈월간 조선〉에서 지켜본 조갑제는 과묵했고 인간적으로 따스하면서도 심지가 굳었다.

조갑제와 수습기자 동기인 언론인 정순태는 "40년 넘게 사귀어 왔지만 단 한 번도 취한 모습, 화내는 모습을 본 적이 없다."고 했다. 100번 넘게 돈을 빌렸는데 단 한 번도 "돈 없다."는 소리를 하지 않고 빌려주었다고 한다.

조갑제는 독실한 기독교인이다. 그러나 나는 사석에서 신앙과 관련된 개인적인 얘기를 들어본 적이 없다. 그러나 그의 단호한 대북관을 보면 그 근저에 기독교 신앙이 깔려 있다는 것을 알 수 있다. 어느 인터뷰에서 이렇게 말했다.

"기독교는 모두를 용서하라고 하지 않는다. 원수는 용서할 수 있어도 사탄은 용서할 수 없다. 기독교적으로 이야기하면 김정일은 반역자이고 사탄이므로 절대 용서할 수 없다."

예전과 다르게
단정적이고 주장 강해져

신문 기자 시절 글을 쓸 때 의견opinion과 사실fact을 구별하는 것이 중요하다는 것을 귀에 못이 박이도록 들었다. 예컨대 '그가 선하다.'는 것은 '의견'이요, '그가 선행을 했다.'는 것은 '사실'이다. 의견을 사실처럼,

사실을 의견처럼 이야기해서는 안 된다.

그러나 언제부턴가 우리 사회에서는 정반대 현상이 일어나고 있다. 오피니언 리더나 지식인들이 당파성에 매몰돼 판단하고 그것을 정의나 신념이라고 믿기 때문이다. 어쩌면 시대의 전반적인 상황이 그런 방향으로 고착화되고 있는지도 모른다. 이것은 우리 모두의 책임이며 조갑제도 여기에서 자유로울 수 없다. 요즘 조갑제를 보면 예전과 다르게 단정적이고 주장이 강하며 의견을 사실처럼 이야기하는 경우가 적지 않다.

또한 기자가 아니라 행동가activist가 돼 전면에 서서 싸워온 탓인지 온유함 대신 거칠고 딱딱한 느낌을 지울 수 없다. 오랜 투쟁에서 나오는 피로감도 엿보인다. 어떨 때는 "내가 정의요."라고 외치는 것 같다. 정의란 누구의 독점물도 아닌데 말이다.

그럼에도 불구하고 나는 조갑제의 치열한 삶에 경의를 표하지 않을 수 없다. 일신의 영달이 아니라, 자기가 속한 공동체와 사람에 쏟아 붓는 그의 관심과 애정에 감탄하지 않을 수 없다. 대세와 명리名利에 흔들리지 않고 현실을 직시하고 신념을 지키며 사는 자세에 고개가 절로 숙여진다.

조갑제를 비난하는 사람들을 만나면 가끔씩 이런 질문을 던지고 싶다.

"당신은 살아오면서 조갑제처럼 치열한 소신과 열정을 가져본 적이 있소?"

그러나 그 생각은 곧 메아리쳐 내 마음속으로 들어와 비수처럼 찌른다.

"나는 조갑제만큼 미쳐본 적이 있었나?"

14

굴신도 마다하지 않는 솔직한 현실감각

박지원

세상에서 인연을 맺는 계기는 참으로 가지각색이다. 전혀 뜻밖의 일로 평생 기억하게 만드는 사람도 있다.

1988년 2월, 제5공화국 전두환 정권이 물러나고 제6공화국 노태우 정권이 들어섰다. 국내 여론은 곧바로 5공 비리 수사를 요구했고, 첫 번째로 전 전 대통령의 친동생 전경환 씨를 지목했다. 전씨는 새마을운동중앙본부 회장을 지내면서 위세를 부린 인물이었다. 3월 중순 전씨가 돌연 외국으로 출국한 사실이 알려지면서 상황은 급진전됐다. 곧이어 전씨가 미국 뉴욕과 뉴저지 일대에 거액의 부동산을 은닉했다는 소문이 나돌았다.

5공 비리 추적하다 알게 된 이름

당시 〈조선일보〉 뉴욕지사에서 근무하던 나는 전씨의 재산 추적에 나섰다. 우선 전씨와 가까웠던 교포들부터 만나기 시작했다. 그들은 이

구동성으로 뉴욕 한인회장과 미주지역 한인회 총연합회장을 지낸 A씨를 거명했다. A씨를 '전경환의 오른팔'로 부르는 이도 있었고, "전씨가 뉴욕에 오면 그 사람이 다 책임졌다."고 말하는 이도 있었다.

즉시 A씨를 수소문했으나 이미 한국에 가고 없었다. 그는 1970년대 초 이민 와서 사업가로 성공했고, 뉴욕 한인회장으로 있던 1981년 초 전두환 대통령의 방미환영위원장을 맡았다.

전두환 대통령이 1980년 광주 민주화 운동을 '무자비하게' 진압한 뒤 레이건 미국 대통령 취임에 맞춰 방미했을 때, 뉴욕 호남향우회를 비롯해 교포들은 대대적인 반대시위를 준비했다. 그러나 A씨가 나서서 이를 무마시켰고, 대통령 환영행사를 무사히 치르게 했다.

이때 전씨 형제의 눈에 들어온 A씨는 이후 전경환 씨가 뉴욕에 올 때마다 지극정성으로 모셨고, 그 덕에 뉴욕 평통자문위(민주평화통일자문회의) 회장도 맡고 정계 진출도 모색했다는 것이다.

그를 만나지 못한 나로서는 다른 교포들을 수소문해야 했다. 뉴욕은 물론 롱아일랜드·뉴저지·필라델피아·보스턴까지 차를 몰고 가 전씨의 지인들을 만났지만 한결 같이 전씨와의 관계를 부인하고 '모르쇠'로 나왔다.

급기야 뉴저지의 주도州都 트렌턴의 주지사 사무실로 찾아가 도움을 요청했다. 당시 실각한 필리핀 마르코스 대통령 일가의 부정부패를 예를 들어 설명했다.

"일종의 한국판 마르코스 일가 스캔들이다. 한국 독재자의 동생이 이곳에 부동산을 많이 숨겨 놓았다고 한다. 미국은 컴퓨터가 발달돼 개인 재산 자료도다 전산화돼 있다고 하는데 도움을 줄 수 없겠나?"

난감한 표정의 주지사 보좌관은 나를 기자실로 안내했다. 턱수염이 북실북실한 〈뉴욕타임스〉 기자가 바쁜 틈에도 성의 있게 설명해주었다.

"미국은 프라이버시를 존중하는 나라여서 개인의 신상정보를 일절 공개할 수 없다. 대신 방법을 하나 알려주겠다. 뉴저지에는 21개 카운티(우리의 군과 유사한 행정단위)가 있는데 카운티마다 등기소Record Office가 있다. 거기 가면 부동산 소유권 대장deed을 볼 수 있는데 그것을 뒤져보라."

한국식으로 말하면 등기부 등본을 열람하라는 소리다. 그 길로 한인 부동산 업소를 찾아갔다.

"한국인들이 부동산을 사고 싶어 하는 카운티를 순서대로 말해주세요."

5공 비리를 취재한다는 내 말에 교포들은 협조를 아끼지 않았다. 차량을 제공하며 돕겠다는 이도 있었다. 나는 회사 일이 끝나면 매일 오후 카운티 등기소를 찾아다니며 일일이 열람했다. 10여 일쯤 지났을까. 여섯 번째로 찾아간 에섹스 카운티에서 전씨 부인과 장남 명의의 집을 발견했다. 대지 300평, 건평 45평의 중산층 주택으로 유학 온 전씨 아들과 딸이 살고 있었다.

한국 신문들이 연일 전씨의 해외재산 은닉설을 대서특필 해왔지만 물증이 확인된 것은 이것이 유일무이했다.

기사가 나간 뒤 대검 중앙수사부 간부가 전화를 했다.

"함 기자가 검찰 체면을 살려주었소. 전씨를 외화 도피 혐의로 추가 기소할 겁니다."

집권 뒤 옛일 캐묻자 "그땐 의전상…."

몇 년 뒤인 1992년 대선 때, 김영삼과 김대중 간의 격돌이 벌어졌다. 이때 김대중의 대변인으로 '박지원'이란 사람이 등장했다. 뉴욕 한인회장 출신인 그는 1987년 귀국 즉시 평민당에 입당했고, 1992년 14대 전국구 의원이 돼 김대중의 '입'으로 급부상했다.

박지원? 어디서 많이 들어본 이름이었다. 혹시나 해서 전경환 재산 취재 노트를 뒤져보니 뉴욕에서 만나지 못했던 A씨가 바로 그였다. 순간 참 대단하다는 생각이 들었다. 5공 실력자의 측근 노릇을 하다가 5공 때 가장 핍박받던 야당 지도자에게로 넘어와 다시 그의 측근으로 변신한 뛰어난 순발력과 적응력에 놀라지 않을 수 없었다.

후일담을 들어보니 그는 전경환을 '모시던' 와중에도 당시(1983년) 미국에서 망명생활을 하던 김대중을 만나 '돈독한' 관계를 맺었는가 하면, 수시로 한국에 와 공천받기 위해 민정당사를 들락거렸다고 한다. 그런가 하면 김대중의 라이벌인 김영삼 측과도 교분을 넓혀 전국구 제의까지 받았다는 이야기도 있다.

이후 다시 세월이 흘렀다. 박씨는 승승장구해 동교동계 가신들을 제치고 김대중의 '넘버 원No.1 맨'으로 자리를 굳혔다. 1998년 김대중 정권이 출범하자 청와대 공보수석, 문화관광부장관을 역임했고 2001년 다시 청와대로 들어와 정책기획수석과 비서실장을 지내며 대통령과 임기를 같이했다.

나와의 첫 대면은 1998년 11월 김대중 대통령이 홍콩을 방문했을 때였다. 홍콩특파원이던 나는 특파원 중 유일하게 공식 만찬행사에 참석할 수 있었다.

당시 내가 홍콩 정부를 자주 출입하면서 이것저것을 요구하다 보니 행정수반 비서실에서 붙여준 별명이 '미스터 퍼시스턴트Mr. Persistent' 즉 '끈질긴 친구'였다. 그네들이 나름 나를 배려해준 것이었다.

이날 행사를 전후해 나는 김 대통령 주변에 있던 박지원 공보수석을 만나 인사를 나눴다. 막간을 이용해 넌지시 물어보았다.

"뉴욕 한인회장 때 전경환 씨와 친하게 지냈다면서요?"

그 말을 듣는 순간 박지원은 멈칫 하더니 곧바로 입을 열었다.

"한인회장을 하다 보면 온갖 사람을 다 만나게 되죠."

그러고는 내가 말할 틈을 주지 않고 바쁘다는 핑계로 내 곁을 떠나갔다.

두 번째 만남은 2001년 6월, 당시는 언론사들이 모두 비상시국이었다.

1년 전인 2000년 6월, 역사적인 남북정상회담 개최와 12월 노벨 평화상 수상을 계기로 국민적 지지가 높아진 김대중 대통령은 그동안 벼르던 '언론 권력'을 손보기로 작정했다. 2001년 1월 연두 기자회견에서 '언론개혁'을 선언했고, 그것을 기폭제로 국세청이 전국 23개 언론사에 대한 세무조사에 돌입했다.

이에 대해 언론, 특히 보수언론은 '언론 탄압'으로 여기고 일전불사를 다짐했다. 국세청은 6월 20일, 전국 23개 언론사에 대한 세무조사 결과를 발표하고 '조중동'을 포함, 6개 언론사를 고발했다. 곧 검찰 수사와 사주 구속 등이 뒤따를 예정이었다.

바로 이날 청와대 정책수석을 맡고 있던 박지원이 시내 한정식 집으로 중앙일간지 사회부장단을 초대했다. 뺨 때리고 어른다는 격인가.

'언론과의 전쟁'에서 '권력의 칼자루'을 쥔 박지원은 느긋한 모습이었다. 홍콩에서 단 한 번 나를 만났을 뿐인데도 마치 늘 보던 사람처럼 농담을 걸었다.

"대大 신문사 사회부장이 됐으면 오늘 이 자리에 구두 표라도 하나씩 돌려야 되는 것 아니오?"

술판이 벌어졌다. 폭탄주가 돌고 농담이 오고 갔다. 박지원의 다소 호기 어린 모습에 슬그머니 부아가 치민 나는 그 밑에서 일하는 비서관에게 말했다. 그는 기자 출신으로 나와 잘 아는 사이였다.

"오늘 같은 날 저런 모습을 꼭 우리에게 보여줘야 하나?"

그 비서관이 다가가 귓속말로 전하자, 박 수석은 자세를 바로 하고 얼마 뒤 내 자리로 왔다.

"함 부장, 폭탄주 한 잔 받으시오."

드디어 내가 하고 싶은 말을 할 기회가 왔다. 나는 다시 13년 전 뉴욕 이야기를 꺼냈다.

"박 수석, 뉴욕에서 전경환과 그렇게 친했다면서?"

그 말에 박지원은 그날 처음으로 굳어진 표정을 보여주었다.

"아…, 뉴욕 한인회장을 하다 보면 의전상 다…."

그는 말을 더듬었다.

"아니, 그게 아니고 자발적으로 매우 가까웠다고 하던데…. 전경환의 '가방모찌(어떤 사람의 가방을 메고 따라다니며 시중을 드는 사람을 속되게 이르는 말)' 노릇을 했다며?"

그는 당황한 표정이 역력했다. 나는 좀 거칠게 말을 했다. 어차피 권력과 언론 간의 갈등이 전면전으로 번진 판에 굳이 예의를 차리기보다는 기 싸움이 필요하다고 생각했다.

갑자기 박지원은 질펀한 술자리 대화로 화제를 바꾸었다.

"아, 홍콩특파원 하셨죠? 제가 뉴욕 친구들과 한번 홍콩에 놀러갔는데…."

모두들 그의 입담에 한바탕 웃고 말았다.

어쨌든 이날 이후 그는 내게 잘 대했다. 내가 전화를 걸면 즉각 받았고, 어떤 사건에 대해 확인을 요청하면 적당히 이야기를 전해주곤 했다.

그는 함께 저녁을 들다가 갑자기 "대통령께서 찾으신다."며 자리를 뜨는 일이 잦았다. 동석한 이들은 "정말 청와대로 가는지 모르겠다."며 웃었고, 나도 과연 대통령이 저녁 먹고 있는 사람까지 부를 정도로 급한 일이 있을까 하는 의문이 들기도 했다. 그는 그렇게 권력의 배경을 과시할 줄도 알았다.

김대중 정권 말기에 우리는 홀가분한 기분으로 다시 만났다. 대통령의 아들 2명이 구속되는 등 진통을 겪은 후였다. 그는 만나자마자 대뜸 '심각한' 어조로 말했다.

"대한민국에서 가장 부러운 사람이 있습니다."

궁금증에 바로 "그게 누군데요?"라고 물었다.

"조철봉입니다."

잠시 후 우리는 일제히 우하하 웃음을 터뜨렸다.

조철봉은 당시 〈문화일보〉에 연재돼 선풍적인 인기를 끌던 성인소설의 주인공으로 일종의 한국판 카사노바였다. 박지원은 대통령 비서실장의 위치에서도 폼 잡지 않고 그렇게 자신을 내려놓을 줄 알았다.

박지원 민주당 의원(가운데)이 국회 '동서화합포럼' 영·호남의원들과 함께 2014년 3월 3일 오후 경북 구미 박정희 대통령 생가에 들어서고 있다. [뉴시스통신]

누구와도 손잡고 굽힐 줄 아는 인물

그는 여러 얼굴의 사나이다. 스스로 고백했듯 '좌익의 아들'이요, '성공한 재미교포 사업가' 였고, '전경환의 오른팔'을 거쳐 'DJ의 충신'이 됐다. 그런 전력 때문에 그에 대한 비판과 칭찬 역시 극명하게 갈린다.

그가 살아온 궤적은 다층적多層的이다. 그래서 인간 내면에 숨겨진 권력 의지와 탐욕을 누구보다 잘 알 것이다.

그는 세상에 굴신屈身할 줄 안다. 목적을 위해서라면 기꺼이 모든 것을 굽

히고 누구와도 손잡을 수 있는 인물 같다. 언론사를 찾아가 간부들에게 거친 행동으로 권력을 과시하기도 했지만 아들 뻘 되는 기자에게 공손히 술을 따르기도 한다.

그런 사람이기에 늘 그의 진심은 무엇일까 궁금했다. 정치인으로서 철학과 비전은…. 결국 그가 추구하는 것은 권력 그 자체가 아닐까?

그를 보면 이방원과 정몽주의 고사古事가 떠오른다.

조선 개국을 앞두고 이성계의 아들 이방원은 고려 말 충신 정몽주를 만나 '이런들 어떠하리, 저런들 어떠하리….'(하여가)란 시조를 읊으며 함께 일하자고 회유한다. 그러나 정몽주는 '이 몸이 죽고 죽어, 일백 번 고쳐 죽어…'(단심가)를 통해 거부하고 목숨을 잃는다.

박지원의 이력을 돌아보면 그는 정몽주보다 이방원 편에 설 인물이다. 정치적 스승인 김대중이 정치인의 덕목으로 강조한 '서생적書生的 문제의식과 상인적商人的 현실감각' 중 그는 철저히 후자 쪽이다. 그러나 바로 이 점에서 정치인 박지원의 존재 이유와 경쟁력이 있다고 생각된다.

박지원은 김대중의 충신이 되기까지 평생 주변인outsider으로 맴돌았고 끊임없이 권력 주변을 서성거렸다.

이후 자신의 연고인 호남 세력에 편입된 뒤에도 김대중과 풍찬노숙한 민주화 동지들로부터 그리 환영을 받지 못했다. 대통령 비서실장직을 떠난 후 수년간 옥고를 치르기도 했다. 그러나 김대중 사후 최고위원, 당 원내대표를 거치며 오뚝이처럼 다시 일어섰다.

이 나라 정치인의 삶을 몸으로 통렬히 체험한 그이기에 도리어 속 좁고 척박한 한국적 상황을 개선시킬 수 있지 않을까 하는 생각이 든다. 이념理念으로 포장한 이권利權, 개혁改革으로 위장한 개악改惡, 명분名分으로 치장한 명리名利와 더불어 혈연·학연·지연 등 온갖 연고緣故가 판치는 이 위선적 정치판에서 그는 자신의 정치적 욕망을 위해 좌우를 넘나들며 차라리 '솔직하게' 살아온 인물이기 때문이다.

이제 70대 노정객이 된 지금, 그가 온갖 이해타산으로 뒤얽힌 정치판에서 선공후사先公後私의 마음으로 자신을 내려놓는 모습을 상상해본다면 너무 순진한 생각일까?

2014년 초 영호남 출신의원 20여 명이 전남 하의도의 김대중 생가와 경북 구미의 박정희 생가를 차례로 방문하고 사진을 찍었을 때, 박지원은 그 한가운데서 환하게 웃었다. 지역갈등 해소와 여야화합을 다짐하는 모임을 주도한 그의 역할이야말로 그다운 행동이요, 참 보기 좋다는 생각이 들었다.

15

열정과 추진력이 품은 양날의 검

어윤대

1997년 말 찾아온 외환위기는 우리가 우물 안 개구리임을 실감 나게 했다. 글로벌 시대 선진국이 되기에는 아직 역부족이었다. 너도나도 '글로벌 스탠더드global standard'를 강조했다. 그러나 이에 대한 반감도 만만치 않았다. 더구나 대학가에는 반미·자주 분위기도 상존해 있었다.

2004년 봄, 당시 내가 몸담았던 〈조선일보〉 편집국과 고려대 주요 보직 교수들과의 회식이 서울 인사동 한정식집에서 열렸다. 모두의 시선이 어윤대 총장이 들고 온 와인에 쏠렸다.

"어, 막걸리대 총장이 웬 와인을…."

당시만 해도 와인은 회식 자리에서는 보기 힘든 생소한 술이었다. 더구나 1960년대 "100원이 생기면 서울대생은 책을 사 보고, 연세대생은 구두를 닦고, 고려대생은 막걸리를 마신다."는 옛말이 있을 만큼 고대를 상징하는 술은 막걸리였다. 어 총장이 자리에 앉으며 말했다.

"저희는 조국을 등지고 민족을 버렸습니다."

평소 '민족 대학'임을 강조하는 고대 총장의 말 치고는 의외였다. 그는 빙그레 웃으며 말을 이었다.

"약소국 시절 '민족'은 좋은 의미였지만, 지금은 시대에 뒤떨어진 완고하고 편협한 개념으로 해석될 수도 있습니다. 이제 우리 대학들도 세계를 무대로 경쟁하려면 국내적 인식에서 벗어나야 합니다. 와인이 상징하는 글로벌화와 품격을 민족적 정서가 강한 고려대에 접목시키려고 합니다."

이 말에 모두 머리를 끄덕였다. 어 총장은 힘주어 말했다.

"여러분, 삼성이 소니를 제치고 세계 최고의 기업이 됐듯이, 앞으로 한국 대학 중에서도 예일이나 케임브리지 같은 명문대학이 반드시 나올 겁니다."

그 말에 모두 박수를 쳤다. 분위기는 금방 달아올랐다.

"'민족 고대'를 넘어 '글로벌 고대'를 위하여 건배!"

대학 총장이 보직 교수들을 이끌고 언론사 실무 간부진과 만나 격의 없는 태도로 이해와 설득을 구하는 모습은 당시로선 흔치 않았다. 그런 식으로 어 총장은 언론을 우호 세력으로 만들어 나갔다.

"국문과도 외국인 교수 뽑아라!"

2003년 2월, 제15대 고려대 총장으로 취임한 어윤대는 세 가지 메시지를 분명히 했다.

"전통과 명문이라는 타이틀을 벗어 던집시다."

"내부 지향적 민족주의를 벗어나 진취적 민족주의로 나갑시다."

"교육과정, 내용, 시설 등 모든 것을 세계 최고로 만듭시다."

이 말은 사실 우리 대학 모두에 적용될 수 있는 것이었다. 내로라하는 우리나라 명문대학들은 그동안 양적量的 성장에 비해 질적質的으로 낙후돼 있었고 특히 국제 경쟁력은 형편없었다. 세계 100위권은 물론, 아시아에서조차 10위권 밖으로 밀려 나 있었다. 어윤대가 내건 캐치프레이즈는 '글로벌 고대 계획 Global KU Project'이었다. 교육·연구·시스템·인프라·의식 등 모든 것을 세계 수준에 맞게 혁명적으로 바꿔 2010년 세계 100대 대학에 진입하겠다는 비전을 제시했다. 무엇보다 국제화가 필수적이었다.

우선 담당 처장을 비롯한 직원들을 하버드·예일·스탠퍼드 등 미국 유명대학에 보내 벤치마킹을 하도록 했다. 현황조사와 현장답사를 원칙으로 했다. 분석결과 나온 해답은, 첫째 영어(원어) 강의 확대, 둘째 해외거점 대학 구축, 셋째 국제 하계대학 육성이었다.

영어 강의는 대학 경쟁력의 척도다. 홍콩, 싱가포르 등에 있는 아시아 명문대는 강의를 100% 영어로 한다. 자존심 높은 프랑스의 파리 제10대학도 영어 강의 비율이 50%를 넘었다. 고려대는 국내 대학 중에서 영어 상용화를 가장 먼저 선언했다. 일반 교과목 강의 중 상당수를 영어로만 하고, 외국인을 정식 교수로 채용했다. 당시 학내의 반발은 엄청났다.

"민족 고대가 왜 영어 공용론을 들고 나오나?", "영어로 하면 강의 질이 떨어진다.", "한국 문학이나 국사도 영어로 강의하잔 말이냐?" 등등. 그러나 어 총장은 끄떡하지 않았다. 도리어 국어국문학과 교수들에게 "영어 강의가 어려우면 외국인 교수를 채용하라."고 했다. 더불어 이렇게 말하기도 했다.

"한국학이 전 세계에 확산되려면 한국어만 갖고선 안 된다. 영어를 통해 외국인들이 쉽게 한국을 배우도록 만들어야 한다."

2004년부터 본격화된 영어 강의 비율은 1학기 18%, 2학기 22%로 확대됐다.

국제화 전략의 두 번째가 해외 거점대학 구축이었다. 고려대생 2,000명이 매년 외국에 교환학생으로 나갈 수 있는 기반을 마련하려면 미국·캐나다·영국·호주·중국·일본 등의 대학들과 협정을 맺어야 했다. 그러나 우리보다 비싼 선진국의 학비는 물론이고 기숙사 확보, 안전문제 등 고려해야 할 사항이 한두 가지가 아니었다. 또한 협정을 맺은 해외 대학도, 과연 같은 규모로 한국에 학생들을 보낼 수 있느냐 하는 것도 관건이었다.

어 총장 이하 고려대 간부들이 직접 현지 대학을 방문해 설득했다. 처음에는 "2만 5,000달러 등록금을 내지 않으면 못 받겠다."고 완강하게 거부하던 미국 UC데이비스대를 비롯해, 영국 런던대, 중국 런민人民대, 호주 그리피스대 등이 결국 교류를 수락하면서 협정에는 속도가 붙었다. 런던대의 경우 비싼 기숙사비를 줄이기 위해 기숙사 35개 룸을 아예 사들였고, 중국 런민대에는 회의장과 기숙사를 겸한 '고려대학회관'을 신축했다.

보직 교수에 힘 실어주며 대학 개혁

'교육은 돈이다.'

이 모든 것을 하려면 돈이 필요했다. 기금이 중요했다. 당시 고려대의 발전기금은 하버드대(28조 원)의 1% 수준인 2,800억 원에도 못 미쳤다. 어윤대는 평일 하루 4시간 이상 발전기금을 모으기 위해 발로 뛰었다. 한 번이 아니라 보통 서너 번씩 찾아가 1대 1로 만났다. 주말이면 골프 등을 치며 기업인들에게 호소했다. 그는 대학 행정은 부총장 이하 보직 교수들에게 맡겼다. 취임 초 간부회의에서 그는 두 가지를 약속했다.

"첫째, 교수 인사권과 예산권을 단과대에 넘긴다. 총장이나 재단이 관여하지 않을 것이다. 둘째, 대신 목표 관리를 한다. 논문 숫자, 국제화 정도를 계량화해 책임을 확실히 지우도록 하겠다."

이른바 대학에 기업처럼 목표관리제를 도입한 것이었다. 대학 안살림은 부총장 이하 단과대학장 및 보직 교수들이 책임졌다. 어 총장은 부총장에게 힘을 실어주기 위해 중요 사항의 경우 부총장을 총장실로 부르지 않고 직접 부총장실로 찾아가 만났다. 4년 내내 그랬다.

어 총장에게는 자기 사람이 없었다. 취임 후 그는 전임 총장 시절 사람들을 거의 유임시켰다. 업무의 연속성 때문이었다. 임기가 끝났으나 잘했다고 평가되면 유임시켰다. 새로 선발하는 사람도 철저히 평판과 능력에 따라 판단하고 임명했다. 상당수의 보직 교수가 어 총장과 단둘이 식사 한 번 한 적 없는 사이였다. 어윤대는 언젠가 이렇게 말했다. "보스가 자기 사람을 쓰는 스타일이라면, 리더는 좋은 사람을 쓰는 스타일이다."

취임 후 첫해에 어 총장은 100명의 교수를 신규 채용했으나 전혀 관여하지 않았다. 오로지 객관적인 실력만으로 뽑게 했다. 물론 재단도 관여하지 않았다. 이런 일은 최초였다. 보수성이 강하기로 소문난 고려대학교 내의 이런 변화는

전통의 술 막걸리 대신 와인을 내세우며 '민족 고대'의 글로벌화를 추진했던 어윤대 전 고려대 총장. 비전을 제시하고 성과를 중시하는 추진력을 보였으나 일처리가 독선적이라는 지적도 받았다. [중앙포토]

화제가 됐다. 일부 언론에서는 '고대는 혁명 중'이라고 보도했다.

2005년 11월, 영국 〈더 타임스〉가 선정하는 '세계 200대 대학'에서 고대가 사회과학 분야는 66위, 인문 분야는 89위에 랭크됐다. 전체 순위는 184위였다. 고려대가 아시아 사립대학으로는 최초로 일본 명문 와세다대와 게이오대까지 제치고 종합랭킹 세계 200위권 안에 진입한 것이었다. 인문사회 계열에서는 이미 100위권 안에 진입했다. 국제적 지명도가 높아지자 외국 대학들이 제 발로 찾아왔다. 과거에는 교류에 난색을 표하던 싱가포르 국립대(세계 22위, 2005년) 시춘퐁 총장이 먼저 교류 협력을 제의하기도 했다.

"어 총장님, 고려대와 우리 대학이 같이 협력을 모색하는 게 어떻습니까?"

여기에 원래 싱가포르대와 긴밀한 관계인 중국 푸단대(세계 72위)가 가세했다. 3개 대학 총장이 모인 자리에서 시춘퐁 총장은 이렇게 말했다.

"우리 세 대학이 각개격파 식으로 따로따로 나아가서는 하버드와 같은 세계적인 대학을 결코 따라잡을 수 없습니다. 단순한 협력이 아니라 핵심부에서 핵심적으로 일을 하는 코어core 협력을 통해 세계적인 대학을 만들어 갑시다!"

어 총장이 화답했다.

"지금 인류 사회를 보면 도시 중심으로 발전하고 있습니다. 상하이, 싱가포르, 서울이라고 하는 도시가 가장 다이내믹합니다. 세 도시의 가장 좋은 대학교가 협력을 하면 반드시 세계적인 대학을 만들 수 있을 것입니다."

세 총장의 도원결의로 세 대학 간 교류 협력 사업이 시작됐다. 이름은 세 도시의 영문 알파벳 첫 자 'S'를 따서 'S^3(에스큐브) 협력사업'으로 명명됐다.

기금은 계속 늘어났고, 학교 인프라 확충도 절정에 달했다. 2006년에는 대학 서열이 2005년보다 34계단이나 수직상승해 세계 150위 대학이 되었다.

대부분 국내 대학들 고대 벤치마킹

그러나 학교 내의 반발도 만만치 않았다. 개혁에 따른 교수들의 피로감이 누적되면서 불평이 터져 나왔다. 여기에는 어 총장의 직선적인 언행과 강하게 밀어붙이는 스타일도 한몫했다.

"너무 급하고 일방적이다."

"소통은 없고 독단적으로 처리한다."

2006년 11월에 치러진 제16대 총장 선거에서 어 총장은 재선에 실패했다. 교수들의 '네거티브' 인식이 작용한 것이다. 언론에서는 '어 총장의 실패한 성공'이라고 평가했다. 개혁에는 성공했으나, 구성원의 반발에 부딪혀 재선에 성공하지 못했다는 것이다. 〈뉴스위크〉는 영어공용화를 지적했다.

그가 재임했던 3년 10개월 동안 국제화는 많이 이뤄졌다. 영어 강의는 35%로 늘어났고 한해 1,700명의 학생이 외국에 교환학생으로 나갔다. 국제 하계대학의 경우 취임 전 불과 20명에 불과하던 구미 지역 대학생 참가자가 1,500명을 넘겼다. 학생 파견 프로그램은 총 56개국 596개 대학 및 기관으로 확대됐다.

학교 발전기금은 연구비 포함 4,700억 원을 모았다. 4년간 320명 신임교수가 채용돼 교수의 수도 30%나 늘어났고, 교수들의 연구 논문 수도 배로 증가했다. 캠퍼스 내 건물 면적이 기존 20만 평에서 무려 40%(8만 평)가 늘어나 28만 평이 되었다. 그러나 더욱 중요한 점은 어윤대가 추진한 많은 개혁·발전 조치를 대부분의 국내 대학들이 벤치마킹해 따라갔다는 사실이었다.

총장 재임 시절 그는 박근혜 한나라당 대표로부터는 서울시장 선거에 출마하라는 제의를, 노무현 대통령으로부터는 한국은행 총재 제의를 받았으나 모두 거절했다. 그에게는 고려대 총장으로서 할 일이 훨씬 값진 것이기 때문이었다.

2008년 이명박 정부 출범 후 그는 국가브랜드 위원장을 거쳐 2010년 KB금융지주 회장으로 취임했다. 낙후된 한국 금융계에 새 바람을 불러일으키겠다고 생각했다. 그는 먼저 금융계의 적폐인 외부 인사 개입이나 특혜 대출과 관련, 스스로 방패막이가 되려고 했다. 재임 중 단 한 건의 대출이나 인사 문제에 개입하지 않았고, 정치권의 외압에도 응하지 않았다고 자부했다. 그러나 고분고분하게 행동하지 않는 어윤대를 정치권이 좋아할 리 없었다.

추진력 뛰어나고
용인술에도 정통

더구나 그에게는 어쨌든 'MB맨'이라는 정치적 이미지가 따라다닌다. 이명박 대통령의 대학 후배이자 절친한 사이였기 때문이다. 2012년 말 박근혜 후보가 대통령에 당선된 이후 어윤대를 둘러싼 주변 기류는 변하기 시작했다. 금융감독원이 보는 시선도 곱지 않았고 내부 임원들도 술렁거리는 모습을 보였다.

어윤대가 국제경쟁력을 키우기 위해 야심 차게 추진한 외국계 ING생명 인수는 결국 좌초하고 말았다. 사외 이사들은 물론 회사 임직원들과의 원활한 소통이 이뤄지지 않았다. 퇴진 압력이 있었지만 그는 3년 임기를 채우고 2013년 7월에 물러났다. 그러나 적지 않은 구설수에 시달려야 했다.

대표적인 것이 국민은행 도쿄 지점의 1,700억 원대 부당대출 사건 연루 의혹이었다. 그 개연성은 어 회장이 문제의 도쿄 지점장을 실적이 좋다는 이유로 승진시키려 했다는 점에서 비롯된다.

실제로 어 회장은 도쿄 지점장을 승진시키려고 했다. 워낙 실적이 좋았기 때문이었다. 그는 공식석상에서 이렇게 말했다.

"도쿄 지점의 자기자본 이익률(ROE, return on equity)이 2년 연속 40%나 증가할 정도로 잘하고 있다. 당연히 포상해야 한다. 다만 이 실적이 정확히 맞는지를 확인하기 위해서 은행 감사팀을 현지에 보내라."

그러나 2012년 막상 감사를 해보니 많은 보고가 엉터리였음이 드러났다. 문제의 도쿄 지점장은 포상이 아니라 오히려 인사조치 대상이 됐다. 이런 우여곡절이 있었는데도 세간 여론은 마치 어 회장과 도쿄 지점장간 불미스러운 유착 관계가 있었던 것처럼 전파됐다. 답답하고 분한 마음이 굴뚝같았지만 어윤대는 유구무언有口無言했다.

그러나 어윤대에 반기를 들고 올라온 후임 회장이 재임 1년여 동안 각종 사고와 경영진 내분 등으로 인해 중징계를 받고 물러나면서 어윤대에 대한 시각도 조금씩 변하기 시작했다.

어윤대를 긍정적으로 보는 사람들은, 그가 조직에 필요한 비전을 제시하고, 적재적소에 인재를 쓸 줄 아는 용병술이 있으며, 성과를 이뤄나가는 추진력의 소유자라고 평한다. 반대편에 있는 이들은 그가 독선적이고, 성과와 효율만을 중시하는 냉혹한 결과주의자라고 비판한다. 학자 출신으로서 자리를 지나치게 추구한다는 시각도 있다.

30년 넘게 어윤대를 지켜본 나로서는 그가 여러 장단점이 있지만 조직의 큰 그림을 그리고 이를 실천하는 'CEO형 리더십'의 소유자라는 데 동의한다. 그는 직선적인 성격이지만 사심이나 이중성이 적다. 무슨 일이든 주견이 뚜렷하고 언제 어디서나 자기 생각을 명확히 밝히는 사람이다.

그에게는 자기가 옳다고 생각되는 일을 위해 설령 희생을 감수하더라도 매진해나가는 열정이 있다. 아마도 그 열정이 그를 단순히 상아탑 내 학자로만 머물지 않고 실제 현장에서 팔을 걷어붙이고 일하게끔 만들었다고 본다.

그러나 그런 열정은 관행에 안주하고 혁신을 좋아하지 않는 사람들에게는 환영받지 못한다. 자신들의 안온한 일상이 깨어지고, 노력이 추가되어야 하며, 지금껏 누린 기득권이 침해되기 때문이다.

과거 우리 사회 곳곳에는 이런 열정의 소유자가 많았다. 그러나 요즘에는 찾아보기 어렵다. 대신 원만하고, 관계와 절차를 중시하며, 적당히 타협하는 사람들이 각광받는다. 그런 시대가 됐다.

16

업業을 향한 지고한 삶의 자세

정병훈

2011년 정부 주최 신년음악회가 1월 4일 예술의전당에서 열렸다. 청와대 문화체육비서관이던 나는 이 행사를 진두지휘했다. 3부 요인이 참석하는 신년인사회까지 겹쳐 연말연시 내내 비상근무였다.

이날 오후 행사 현장을 둘러보고 있을 때 휴대전화가 울렸다. 공연을 맡은 서울시립교향악단 지휘자 정명훈 예술감독이 급히 만나자는 것이었다. 무대를 가로질러 가다 한옥 창호를 형상화한 외벽 세트 장치가 눈에 띄었다.

'예쁘긴 한데 오케스트라 음향이 어떨지….'

순간 걱정이 스쳤다. 오페라와 달리 콘서트 무대의 경우 가급적 설치물을 피한다. 소리의 공명共鳴 현상이 어떻게 변할지 모르기 때문이다.

지휘자 대기실에 가보니 정 지휘자와 이날 총연출을 맡은 국립오페라단 관계자가 심각한 표정을 짓고 있었다. 일찍 리허설을 마친 정명훈은 호랑이 눈을 뜨고 외벽 세트의 철거를 요구했다.

"내가 그동안 시향의 실력을 1년에 1%씩 올렸다면, 오늘 저 벽 때문에 3%가 날아갑니다."

그러나 오페라단 측은 "대통령 행사인데 지금 와서 철거할 시간이 없습니다. 그냥 합시다." 하고 우겼다.

결국 내가 결론을 내려야 했다. 시각이냐, 청각이냐?

'오늘 행사는 음악회다. 그렇다면 지휘자의 생각을 따라야 한다. 그 사람만큼 음향에 민감한 사람이 또 어디 있겠는가.'

시계를 보니 어느덧 오후 5시를 가리키고 있었다. 1시간 뒤면 청중이 몰려들기 시작한다. 더구나 오늘은 대통령을 비롯해 우리나라 VIP들이 총출동하는 날이다. 나는 청각을 택했다. 현장 담당자를 쳐다보았다.

"30분 내로 철거가 가능합니까?"

"네. 최선을 다하겠습니다."

"철거하세요."

오페라단 관계자가 펄쩍 뛰었다.

"아니, 지금 이 시간에 저걸 부수다 엉망이 돼버리면…."

만류하는 관계자를 나는 냉정하게 외면했다.

신년 첫 대형 대통령 행사이다 보니 경황이 없었다. 초청장이 급히 발송된 탓에 곳곳에서 경호와 의전 간의 마찰이 빚어지고 있었다.

"명단에 없습니다."

"참석한다고 했다니까요."

나는 이곳저곳을 뛰어다니며 상황을 수습하며 손님들의 입장을 독려했다.

오후 7시, 콘서트홀 리허설 룸에서 대통령을 비롯해 정부 5부 요인과, 정·

재·관계 등 각계 지도자들이 모인 가운데 신년 인사회가 시작됐다.

7시 30분쯤 정명훈 지휘자로부터 또다시 만나자고 연락이 왔다. 8시 음악회 시작을 30분 앞둔 상황이었다.

"오늘 마지막 곡이 베토벤 교향곡 9번 '합창' 4악장인데, 독일어 가사를 한국말로 옮긴 스크린 자막을 만들어주셨으면 합니다. 공연할 때 서서히 내려주면 관중이 교향곡의 의미를 확실히 이해할 수 있습니다."

나는 어이가 없었다.

"아니, 그런 걸 왜 진작 요청하지 않으셨습니까? 지금 준비하다 혹 실수라도 한다면…."

"과거에도 이런 요청을 했었는데 안 들어주더군요. 비서관님이면 들어주실 것 같아 말씀드리는 겁니다."

순간 그의 간절한 눈빛이 보였다. 즉시 예술의전당 관계자를 불렀다.

"30분 내에 되겠습니까?"

"네, 해보겠습니다."

드디어 오후 8시, 애국가를 필두로 서울시향의 신년음악회가 시작됐다. 드보르자크의 신세계 교향곡 9번, 베르디와 모차르트의 오페라 아리아가 이어지고 마침내 베토벤 교향곡 9번 '합창'의 4악장(환희의 송가)이 연주되기 시작했다. 그리고 천장에서 무대 위로 서서히 내려오는 스크린. 거기에 적힌 가사 내용은 이러했다.

위대한 하늘의 선물을 받은 자여,

진실된 우정을 얻은 자여,

여성의 따뜻한 사랑을 얻은 자여,

다 함께 모여 환희의 노래를 부르자.

가사를 보면서 사람들은 더욱 감동했고 피날레는 멋있게 장식됐다. 앙코르로 '아리랑'이 나오고 모두가 흡족한 표정으로 자리에서 일어났다. 나는 서둘러 무대 뒤로 달려갔다. 대통령과 출연진의 뒤풀이 때문이었다. 정명훈 지휘자는 나를 보고 함박웃음을 보였다.

"감사합니다. 덕분에 잘 마쳤습니다."

"결혼은 내 인생 최고의 행운"

내가 정명훈을 처음 만난 것은 2005년 봄이었다.

그때 나는 힘든 시절이었다. 21년 다니던 신문사를 하루아침에 그만두고 나와 외롭고 쓸쓸한 시간을 보내고 있었다. 중년에 찾아온 내 자신과의 불화不和는 결국 나를 홀로 광야廣野로 내몰았다. 당분간 나는 글쓰기를 제외하고는 외부와 절연한 채 지내기로 마음먹고 지내던 터였다.

서울시향 예술감독으로 막 취임한 정명훈과 인터뷰를 하기 위해 4월 말 도쿄로 향했다. 신주쿠의 한 허름한 호텔에서 몸살로 끙끙 앓아누워 있다가 그를 만나기로 한 도쿄 오페라시티 콘서트 홀로 향했다. 당시 도쿄 필하모닉 음악감독도 맡고 있었던 정명훈은 이 날 단원들과 함께 리허설을 할 예정이었다.

'마에스트로(Maestro, 大家) 정'이라고도 불리는 정명훈은 무덤덤한 표정으로 나를 맞아주었다. 검은색 바지와 재킷, 그 속에 하얀 라운드 티셔츠를 입은 그의 복장은 심플했다.

곧바로 리허설이 시작됐다.

"좀 더 부드럽게, 관대하게, 민감하게…. 그러다가 순간적으로 아주 강하게, 놀랄 정도로…."

쉬운 표현은 영어로 직접하고, 좀 더 자세한 표현은 일본인 통역이 해줬다. 순식간에 70여 명의 단원들은 '마에스트로 정'에게 집중했다. 정 지휘자는 놀라운 카리스마로 각 파트의 연주를 차례로 지적하며 자신이 원하는 방향의 소리를 이끌어내고 있었다.

정명훈은 피아니스트로서 21세(1974년)에 '차이콥스키 국제 콩쿠르'에서 2등을 차지했고, 지휘자로서 36세(1989년)에 '프랑스의 자존심'이라 불리는 파리 바스티유 오페라 극장의 음악감독으로 발탁돼 세계적인 음악가 반열에 올랐다. 그의 가족은 한국을 대표하는 음악 가족으로 유명하다. 세계적인 바이올리니스트 정경화, 첼리스트 정명화가 그의 누나다.

이날 리허설을 마친 정 지휘자와 단원들은 다음 날인 4월 29일 정오 도쿄역에 모였다. 신간센을 타고 일본의 유명한 산악 휴양지인 나가노 현 가루이자와로 가 연주회를 갖기로 예정돼 있었다.

정명훈이 프랑스 프로방스 자택 마당에서 셋째 아들 민(바이올리니스트)과 손자와 함께 즐거운 시간을 보내고 있다. 식탁에는 풋고추와 어린 홍당무 등이 놓여져 있다. [정명훈 제공]

우리는 기차 안에서 대화를 나눴다. 사실 그의 유명세와 차가운 표정은 일견 그를 오만한 사람으로 보게 할 수도 있다. 그러나 직접 대화를 나눠보니 의외로 자신을 낮추는 사람이었다.

"나 정도 재주를 가진 사람은 많습니다. 천재들이 한 발자국씩 성큼성큼 딛고 나간다면, 나는 굉장히 오래 걸려서 그 뒤를 쫓아갑니다."

그에게는 뉴욕 필하모닉의 전설적 지휘자 레너드 번스타인(1918~1990) 같은 이가 천재였다.

"나는 지휘 하나도 벅찬데 그분은 지휘뿐 아니라 피아노에 작곡까지 합니다.

나는 죽어라 연습해야 간신히 따라갑니다."

그는 '노력파'였다. 잠시도 자신을 내버려두지 않았다. 가루이자와에 도착한 정씨는 바쁘게 움직였다. 점심은 샌드위치로 때우고 곧바로 리허설로 들어갔다. 인터뷰는 도중 휴식시간에 이어졌다.

어렸을 적 그는 사람들과 잘 어울리지 못했다. 그리고 피아노 음 하나 틀리는 작은 실수도 용납하지 못하는 완벽주의자였다. 늘 도달하기 어려운 아주 높은 목표를 세워놓고 그것을 향해 연주하면서, 한 번도 흡족하게 웃어본 적이 없을 만큼 자신을 혹독하게 다뤘다.

그러나 20대에 들어 지휘자로 전향한 후, 자신보다 오케스트라 전체를 생각하며 어둡고 고독한 음악가의 삶에서 벗어날 수 있었다. 여기에 결혼이 더해지면서 그의 인생은 날개를 달았다. 정명훈의 부인은 다섯 살 연상의 구순열 씨로 원래 사돈 간이었다.

"결혼은 내 생애 최고의 행운이며 내 인생을 180도 바꿔 놓았습니다."

그는 자신의 인생에서 모두 4번의 '기적'이 있었는데, 첫 번째는 아내와의 결혼이고 나머지는 세 아들을 낳았을 때라고 말했다(원 세상에!).

가정을 꾸려 나가면서 그는 자신을 재발견했다. 가족의 '조수', '심부름꾼' 역할을 하면서 자신이 이기적이라는 죄책감에서 벗어났고, 살아가는 즐거움을 발견했다.

그날 인터뷰를 마치고 나는 일찍 잠에 들었다. 밤에 자다가 벌떡 일어났다. 창밖 유리창을 통해 들어오는 달빛이 대낮 햇빛처럼 눈부시게 쏟아져 들어왔기 때문이다. 이런 찬란한 달빛을 접해본 지가 얼마나 됐는지…. 내가 묵은 숙소는 전형적인 일본식 목조 2층집 여관이었다. 뜰 앞 자그마한 탕에 온천수가 나오는 이 여관 2층 다다미방에서 보이는 바깥 경치는 황홀했다.

나는 지난 50년 가까운 내 인생을 생각해보았다. 열심히는 산 것 같은데 이룬 것은 없고…. 이제 또 다시 새 출발해야 하는 자신이 한편으로는 가엽기도 했다. 그러면서 전날 정명훈과 나눈 대화가 생각났다.

내가 보기에는 이룰 것을 다 이룬 정명훈이 지금도 매일 자신을 채찍질하며 노력하고 있다는 고백을 되살리면서, 도대체 인생이 뭔가라는 생각이 들었다. 이리저리 뒤척거리다 겨우 잠들었다. 산간지대의 밤은 로맨틱했다.

오늘보다 나은 내일을 만드는 '긍정적 압박'

정명훈 지휘자와 그때 일본에서 처음 만난 이후 어느덧 10년이 지났다. 그동안 서울시향은 일취월장日就月將했다. 적어도 아시아에선 일본 NHK 심포니 오케스트라와 쌍벽을 이룬다는 평가를 받는다. 지휘자 정명훈의 능력과 카리스마가 큰 몫을 했다.

그는 종종 '독불장군의 전형'이란 비판도 듣는다. 정 · 재계 실력자들과의 교분이나 사교활동을 좋아하지 않으며, 학연 · 지연 등 인맥이나 정치적 고려도 배제한다.

그러나 서울시향의 단원 대부분은 그가 오로지 음악의 완성도에만 집중한다는 사실을 안다. 항상 "오늘보다 내일이 더 나아야 한다."며 매섭게 채찍질하는 것이, 어떤 이해관계나 사심私心에서 비롯된 게 아니라는 것을 이해한다.

이러한 정명훈의 '긍정적 압박positive pressure'은 어머니 고故 이원숙 씨의 가르침에서 나온 것이다. 그녀는 평생 아들에게 단 한 번도 "왜 못하느냐?"고 질책하지 않았다. 늘 "더 잘할 거야."라고 격려했다.

단원들은 정 지휘자의 지시가 "단순하고 명확하다."고 말한다. 그도 그 말에 동의한다.

"내 일은 호텔 포터(porter, 짐꾼)와 비슷합니다. 그의 임무는 단순, 명확하죠. 짐을 들고 방까지 잘 옮겨주는 겁니다. 음악도 마찬가지죠."

단원들이 보내는 큰 신뢰는 얼마 전 서울시향 대표와 정명훈 간에 갈등이 빚어진 일이 일어났을 때 극명하게 나타났다. 외부에서는 온갖 추측이 난무했지만 정 지휘자를 오래 지켜본 단원들은 성명서까지 내며 "우리는 정 예술감독님을 신뢰한다."는 입장을 밝혔다.

정명훈은 시간 관리를 철저히 하기로 유명하다. 서울시향에 나올 때는 아침 8시 전에 일찍 출근해 먼저 피아노를 친다. 리허설 중간 빈 시간에도 피아노를 치거나 악보를 본다. 농담이나 한담도 별로 없다. 항상 무언가를 하고 있다.

그의 스케줄을 담당하는 직원은 "거의 분分 단위로 시간을 쪼개어 쓴다."고 말했다. 마치 바쁜 사업가처럼 자동차나 엘리베이터 안에서 보고를 받거나 사무를 처리한다. 외국에 갔다 새벽 비행기로 돌아오면 바로 스케줄로 이어진다.

도대체 왜 이렇게 바쁘게 사는가.

"천재들은 어마어마한 재주가 있어요. 내가 100번쯤 봐야 외울 수 있는 악보를 단 몇 분 만에 해치웁니다. 이러니 내가 평생 노력할 수밖에 없죠."

순수해지려면 단순해져야 한다

그의 바깥 삶이 '알레그로(allegro, 빠르게)'라면 안쪽 삶은 그야말로 '안단테(andante, 느리게)'다. 퇴근하면 보통 집으로 쏜살같이 간다. VIP나 대기업 회장이 저녁을 먹자고 해도 대부분 사절이다. 그렇다고 특별한 취미활동을 하는 것도 아니다. 그저 집에서 좋아하는 요리를 만들어 먹으며 쉬는 것이다.

음악 외에 그가 가장 좋아하는 일이 요리다. 연주가 끝난 후 늦은 저녁에, 집으로 달려와 부엌에 들어가 난장판을 만들면서 이것저것을 요리해 식구들과 둘러앉아 맛있게 먹을 때가 가장 행복한 순간이라고 했다(그는 요리책 《마에스트로 정명훈의 Dinner for 8》을 펴내기도 했다).

휴일이나 휴가 때도 거창한 것이 없다.

"집에서의 일과는 그 이상 심플할 수 없어요. 아침에 일어나 공부하고 아침 먹고…, 다시 1시간 정도 걷다가 또 공부하고, 다시 점심 해먹고 걷다가 공부하죠. 그게 행복해요."

그는 1년을 삼등분해 한국과 프랑스에서 머물거나 외국 순회공연으로 보낸다. 프랑스의 남 프로방스 집에 있을 때는 농사를 짓는다. 덕분에 선탠한 사람처럼 얼굴이 그을려져 있다.

스스로 표현은 잘 안 하지만 그는 독실한 기독교인이다. 언젠가 그는 "살아오면서 항상 보이지 않는 손과 힘에 끌려오는 삶을 지냈다."고 토로했다.

"무엇을 믿든 우리는 눈앞에 보이지 않는 뭔가가, 영적인 삶이 있다고 봅니다. 사람이 태어나면서부터 찾는 그 무엇이 바로 영적인 세계가 아닐까요? 그런 게 없으면 동물적인 삶이죠."

그는 세계적 지휘자 카를로 마리아 줄리니(1914~2005)와 프랑스 작곡가 올리비에 메시앙(1908~1992)을 가장 존경하는 음악가로 꼽았다.

"줄리니는 성직자 같고 메시앙은 성인 같은 분입니다. 그분들같이 겸손해지겠다는 것, 그것이 내 인생의 목표입니다."

그 겸손함을 음악으로 연결시킨다면 '순수함'이라고 했다.

"순수하려면 단순해져야 합니다."

종합해볼 때 정명훈의 삶의 키워드는 '단순함'이었다. 이 복잡한 시대, 너도 나도 빨리빨리 쫓고 쫓기며 모든 에너지를 소모해버리는 '번아웃(Burnout, 탈진증후군)' 세상에서 그는 자신을 지키는 비법으로 '단순한 삶'을 택했다.

평소 그렇게 바쁘게 살지만 그는 휴대전화도, 이메일도 이용하지 않는 전형적인 '아날로그맨'이다. 외국에 있는 그와 연락하려면 호텔로 국제전화를 걸거나 팩스를 보내야 한다.

그의 일상은 음악 외에 가족 · 요리 · 신앙이 전부다. 그러나 그는 현명하다. '단순한 삶'이야말로 음악에 대한 열정과 삶에 대한 통찰력을 제공해주는 원동력이기 때문이다.

평생 수많은 사람을 접해본 나로서는 인물이 두 부류로 나뉜다. '뛰어난 사람'과 '생각나는 사람'이다. 정명훈은 후자다. 그를 만나고 난 뒤 내면에서 잊고 지내던 명징함, 투명함, 그리고 순수한 삶의 자세가 떠올랐다.

17

신화는 없다

이명박

2009년 들어 체육계가 심상치 않게 돌아가고 있었다. 강원도가 2018년 겨울올림픽을, 부산·경남(PK)이 2020년 여름올림픽을 유치하겠다며 경쟁적으로 나섰다. 여기에 정몽준 의원이 가세해 2022년 월드컵 유치에 도전장을 내밀었다.

당시 이명박 대통령은 이 셋 중 어느 한편의 손을 들어줘야 했다. 이미 우리는 1988년 서울올림픽과 2002년 월드컵을 개최한 터라 규모는 작지만 세 번째 도전하는 겨울올림픽에 민심이 쏠리고 있었다.

그러나 PK 측이 워낙 거세게 밀어붙여 정부의 평창 지원 결정은 계속 미뤄졌다. 그해 4월 어느 일요일 오후, 청와대 수석회의에서 또다시 심의가 보류되자 박용성 대한체육회장이 나에게 전화를 걸어 이렇게 말했다.

"비서관님, 강원도는 청와대가 부산 편에 선 것으로 오해하고 있습니다. 청와대마저 지역 이기주의에 흔들리면 나중에 큰 역풍을 맞습니다."

가슴이 덜컥 내려앉았다. 전년도 이맘때 말도 안 되는 '광우병 파동'으로 얼마나 큰 곤욕을 치렀는가. 전화를 끊고 경찰과 국정원 채널을 통해 알아보니

박 회장 말대로 상황은 긴박하게 돌아가고 있었다.

나는 박용성 회장과 다시 통화를 했다.

"좋습니다. 내일 월요일 회의 때 평창 지원이 결정되도록 해보겠습니다. 체육계 내에서 PK쪽 반발이 뻔한데 뒷수습은 회장님이 해주셔야 합니다."

박 회장은 즉시 대답했다.

"제가 책임지겠습니다."

다음 날 아침, 청와대 수석회의 직후 나는 정정길 대통령실장을 찾아갔다. 자초지종을 설명한 뒤 전날 내린 수석회의 결과를 번복하고 평창 지원을 결정해달라고 건의했다. 잠시 생각하던 정 실장은 고개를 끄덕였다.

"나는 이해하겠는데 다른 수석들은 어떻게 하지?"

"제가 설득해보겠습니다."

관건은 PK 출신의 박재완 국정기획수석과 박형준 홍보수석이었다. 나는 그들을 만나서 조심스럽게 말을 꺼냈다.

"많은 사람들이 이번에는 동계올림픽이라고 합니다. 고향 사람들이 서운하게 생각할 수도 있겠지만 국익을 위해 대승적 차원에서 생각해주십시오."

처음에는 다소 심각한 표정으로 내 말을 듣던 그들은 예상과 달리 선선히 수락했다.

"알겠습니다. 부산에서 뭐라고 하면 우리가 설득할게요."

나는 안도했다. 만약 PK 출신이란 사실만 생각해 이들에게 말도 꺼내보지 않고 벙어리 냉가슴 앓았다면 일은 어렵게 꼬여갔을 것이다. 진심은 통했다. 이렇게 해서 사실상 정부의 공식 지원이 평창 동계올림픽 쪽으로 결정됐다.

시작부터 불리했던 유치 작전

이명박 대통령은 기업인 시절 수영연맹회장을 15년이나 했고, 국제수영연맹(FINA) 집행위원으로도 활동해 국제 스포츠계의 동향을 잘 알고 있었다. 2018년 겨울올림픽 개최지는 2년 뒤인 2011년 7월 6일 남아프리카공화국 더반에서 열리는 국제올림픽위원회(IOC) 총회에서 투표로 결정된다. 이 대통령은 110명의 IOC 위원을 설득하는 것이 관건이라며 두 가지를 강조했다.

첫째, 청와대는 겨울올림픽 유치를 위해 어떤 지원과 시스템이 필요한가를 항상 고민해라. 둘째, 모든 일은 주무부처(문화체육관광부)가 하게 하고, 청와대는 뒤에서 도와줘라.

•

가장 시급한 것이 유치위원회 구성이었다. 그러나 100여 명의 유치위원 선정을 둘러싸고 문체부와 대한체육회, 강원도 간에 의견차가 적지 않았다. 더구나 서로 유치위원을 하려고 실력자들을 앞세운 청탁이 쇄도했다.

누군가 교통정리를 해야 한다. 주무부처인 문체부가 하는 것이 순리지만 모두들 청와대만 바라봤다. 결국 청와대가 총대를 메기로 했다.

나는 고심 끝에 이런 원칙을 제시했다.

"문체부, 대한체육회, 강원도 등 세 군데에서 모두 찬성하는 사람은 선정하고, 모두 반대하는 사람은 반드시 제외시키겠다."

그리고 후보 명단을 나눠주고 개인별 찬반 의사를 물었다. 이 과정에서 체육계에서 내로라했던 체육계 거물 중 일부가 빠지게 되었다. 이런 방법으로 유치위원 70여 명을 1차로 선정했다.

유치위원장으로는 국제 감각이 뛰어나고 대한탁구협회장을 맡고 있는 조양호 대한항공 회장과, 평창 겨울올림픽을 처음부터 추진해온 김진선 강원도지사가 임명됐다. 9월 조양호·김진선 공동위원장 체제가 출범했다.

당시 IOC 내에서 우리 입지는 매우 불리했다. 라이벌인 독일 뮌헨의 유치를 주도하는 토마스 바흐(현 IOC 위원장)는 IOC 수석 부위원장일 뿐만 아니라 차기 위원장으로 거명되는 실력자였다.

더구나 겨울올림픽은 철저히 백인白人들의 스포츠였다. 총 21번 가운데 19번이 북미, 유럽 지역에서, 나머지 2번이 일본에서 열렸다.

이건희 회장의 복귀가 관건

이런 상황에서 한국은 명함을 내밀 처지가 되지 못했다. 게다가 우리 IOC 위원은 태권도 선수 출신인 문대성(현 새누리당 의원) 1명뿐이었다. 삼성그룹 이건희 회장도 IOC 위원이나, 2008년 김용철 변호사 비자금 폭로 사건으로 재판 중이라 자격이 정지된 상태였다.

관건은 이 회장의 복귀 여부다. 그는 이미 두 차례 유치 과정에서 가장 적극적 활동을 벌였고 IOC 내 영향력도 대단했다. 그가 복귀하면 해볼 만한 승부고, 그렇지 않다면 승산은 없었다.

그러나 열쇠를 쥔 청와대나 문체부 누구도 먼저 나서려고 하지 않았다. 주무 비서관인 내가 프랑스 등 외국 사례를 인용하면서 사면을 건의했으나 모두들 화들짝 놀라며 손을 휘휘 내저었다.

"왜 우리가 나섭니까? 그랬다가 괜히 삼성 비호했다는 소리나 들으면…."

처음부터 IOC 위원 공략을 강조해온 이 대통령은 답답했을 것이다. 그렇다고 사면권자인 대통령이 직접 나설 수는 없는 노릇이었다.

어느새 10월이 됐다. 하루는 정정길 대통령실장이 나를 불러 평창 준비에 관해 물었다. 나는 아무도 고양이 목에 방울을 달아주지 않으려는 상황을 있는 그대로 설명했다. 그러자 정 실장이 지나가는 듯한 어조로 말했다.

"그냥 이대로 내버려두어야 합니까…."

나는 그 말의 함의含意가 느껴졌다.

"알았습니다. 제가 해법을 조용히 알아보겠습니다."

보안을 위해 나는 평창 담당 행정관 대신 다른 행정관을 불러 이건희 회장 사면과 관련된 시중의 여론을 수집하라고 지시했다. 그리고 이와 별도로 나는 2002년 한일 월드컵 대회를 유치했던 김영수 전 문체부장관에게 의견을 물었다.

"당연히 사면으로 가야지요. 그러나 대통령의 사면이 힘을 받으려면 국민 여론이 따라줘야 합니다. 그러니 청와대가 아니라 체육계가 나서서 사면 여론을 조성하도록 만드세요."

그리고 그는 한마디 덧붙였다.

"청와대는 올바른 일을 해도 정치적으로 구설수에 오를 수 있습니다. 이 일은 청와대 내부에서도 은밀하게 추진하고, 혹시 문제가 생기면 비서관 선에서 책임지도록 하세요."

행정관이 수집한 시중의 여론도 같은 내용이었다. 나는 정 실장에게 이렇게 보고했다.

"문제는 국민 여론입니다. 평창을 위해 사면이 불가피하다는 여론이 커진다면 대통령께서 못 하실 이유가 어디 있겠습니까? 만에 하나 사면과 관련해 정치적 논란이 일어난다면 제 선에서 책임지겠습니다. 실장님과도 상의한 바가 없는 겁니다."

정 실장이 고개를 끄덕이며 미소를 지었다.

나는 즉시 박용성 대한체육회장, 조양호·김진선 공동위원장과 만났다. 당시 그들은 청와대의 '지침'을 목말라했다. 그러나 나는 이 사면이 청와대가 주도해 추진됐다는 소리가 나오지 않도록 신중해야 했다.

"주무비서관으로서 개인적 견해입니다. 국민들이 나서서 이건희 회장 사면을 호소한다면 청와대가 반대하겠습니까? 그렇다고 이 일을 청와대가 앞장설 수는 없지 않습니까?"

내 뜻을 알아챈 박용성 회장이 말했다.

"네. 체육계가 나서겠습니다."

그리고 나는 무심한 듯이 이렇게 얘기했다.

"제가 기자 출신이라서 그냥 생각난 것인데…, 먼저 강원도에서 탄원서를 올리고, 이어 올림픽 유치위원회, 체육계, 재계 등이 가세하는 것이 어떨까요? 물론 국내외 언론과 해외 유력인사도 활용하시고요. 언론은 삼성이 맡고…"

제일 먼저 김진선 지사가 포문을 열었다. 평창, 강원도민들의 탄원서에 이어 11월 17일 기자회견을 통해 이건희 IOC 위원의 사면복권을 정부에 건의했다. 이어 조양호 위원장(11월 19일), 손경식 대한상의 회장(11월 20일), 최경환 지식경제부 장관(11월 24일) 등의 건의가 잇따랐다. 언론도 대대적으로 보도했다. 사면 여론은 마치 봄날 뒷산 바짝 마른 낙엽에 불을 붙인 것처럼 삽시간에 전국적으로 퍼져 나갔다. 그로부터 한 달여 뒤 이 대통령은 이례적으로 이 회장 한 사람만 12월 31일 자로 특별 사면복권을 했다.

"목이 쉬어야 더 감동받아요."

2010년 이건희 회장이 IOC 위원으로 복귀하면서 유치작전은 급물살을 탔다. 둘째 사위 김재열 대한빙상경기연맹 회장(현 제일기획 스포츠 총괄 부문 사장)과 함께 지구촌을 몇 바퀴 돌며 IOC 위원들을 만나 설득에 나섰다.

조양호 공동위원장은 88 서울올림픽 유치 때 부친인 고故 조중훈 회장이 맡았던 유럽, 아프리카 지역을 집중 공략했으며, 강원도 도민회장을 지낸 윤세영 SBS 명예회장 역시 세계 각국을 돌며 국제 스포츠계 실력자들에게 지지를 호소했다.

유치 과정에서 이 대통령은 총감독뿐 아니라 영업, 홍보까지 올라운드 플레이어 역할을 했다. 국내외의 살인적인 일정 중에도 평창 올림픽 유치에 도움

이명박 대통령이 2011년 7월 6일 오후 남아프리카 더반 ICC(국제컨벤션센터) 세션룸에서 평창 동계올림픽 유치를 위한 프레젠테이션을 직접 하고 있다. [조선일보]

이 된다면 누구와도 만나고, 전화하고, 편지를 썼다. IOC 위원의 절반 이상을 직접 만났고, 거의 모든 IOC 위원에게 편지를 썼으며, IOC 위원과의 단 한 번 통화를 위해 다섯 차례, 열 차례 전화를 걸기도 했다. IOC 위원들을 상대로 하는 그의 '영업(?)' 활동은 2011년 7월 초 남아공 더반으로 떠나기 직전 절정을 이뤘다.

경쟁 도시 위원 6명을 제외한 전 IOC 위원(104명)에게 '맞춤형' 편지를 보내 마지막 지지를 호소했다. 위원별로 개인적 관심과 정성이 담긴 내용인 데다, 한글 원본에 모국어 번역본을 첨부한 친서親書였다. 전달도 우편이 아니라 그 나라 주재 대사나 특사가 직접 찾아가 전하는 식으로 정성을 다했다.

아직 지지가 불투명한 IOC 위원 열두서너 명에 대해서는 대통령이 직접 전화를 걸었다. 통화가 안 되면 자동응답기에 직접 메시지를 남기기도 했다.

"꼭 통화하고 싶었는데 연결이 잘 안 돼 메시지를 남깁니다. 그간 평창 동계올림픽 유치에 보여준 관심과 지지에 감사드리며 더반에서 만나 뵙기를 기대합니다."

외국과의 시차를 맞추기 위해 심지어 청와대 회의(국민경제대책회의 2011년 6월 30일) 도중 화장실에 가는 것처럼 자리를 떠나 IOC 위원과 통화를 하기도 했다.

더반으로 가는 비행기 안에서 17시간 동안 이 대통령은 만사 제쳐놓고 오직 영어 설명회(프레젠테이션) 연습과 IOC 위원들 신상자료 공부에 집중했다. 군사작전을 수행하듯 치러진 현지에서 5박 동안 점심 · 저녁은 물론 조찬 뷔페 때도 IOC 위원들과 스킨십을 나누며 친교를 쌓아 나갔다. IOC 위원들 앞에서 하는 프레젠테이션 연습을 너무 열심히 하는 바람에 목소리가 갈라졌으나 이 대통령은 중단하지 않았다.

"목이 쉬어야 더 감동을 받아요."

그의 이런 노력과 열성이 결국 IOC 위원들의 마음을 사로잡았다. 현지시간으로 7월 6일, 당초 박빙의 승부일 것이라는 예상을 뒤엎고, 평창은 라이벌 뮌헨을 63대 25라는 압도적 표 차로 물리치고 올림픽 유치에 성공했다.

책임감이라는 원동력

곁에서 지켜본 이명박의 리더십은 두 가지 면에서 인상적이었다. 첫째, 자율권을 중시했다. 대통령과 참모의 일, 청와대와 부처의 일을 명확히 구분하고 그 범위 내에서 재량권을 인정했다. 주무부처인 문체부와 유치위의 의견을 존중하고, 청와대는 최소한으로 개입해 아주 중요한 문제만 조정하도록 했다.

둘째, 솔선수범했다. 참모나 유치위원회의 건의가 타당하다고 판단하면 대통령으로서의 권위, 체면, 휴식은 다 제쳐놓고 앞장섰다. 너무 열심히 뛰다 보니 때로는 대통령이 아니라 '일꾼'처럼 보이기도 했다.

그의 이런 리더십은 끈끈한 팀워크로 이어져 실적으로 나타났다. 2008년 베이징 올림픽(7위), 2010년 밴쿠버 동계올림픽(5위), 남아공 월드컵(16강 진출), 2012년 런던 올림픽(5위) 등 재임 중 치러진 대형 국제스포츠 행사마다 탁월한 성적을 거둔 것은 결코 우연이 아니었다.

이명박이 발휘하는 에너지의 원천은 '책임감'이라고 생각한다. 20대 사원 시절부터 정주영 회장 눈에 띄어 30대에 사장으로 발탁되고, 마침내 일국의 대통령까지 오르게 한 일등공신이 바로 그 책임감이다.

하루 4시간밖에 자지 않고, 쉬지 않고 일하는 그의 '유별난' 책임감이 때로는 시대에 뒤떨어진 과욕과 공명심, 독단으로 비칠 수도 있지만, 기본적으로 그는 자기 할 일을 미루거나 회피하지 않고 오히려 찾아나서는 사람이다.

그가 일하는 모습을 보면 미국 33대 대통령 해리 트루먼이 생각난다. 트루

먼은 대통령 재임 중 백악관 집무실 책상 위에 '모든 책임은 내가 진다The buck stops here.'는 문구를 걸어놓고 근무했다. 고졸 은행원 출신으로 출발해 2차 대전을 승리로 장식하고, 전후 냉전 체제에서 수많은 결단을 '지혜롭게' 내려 위대한 대통령 반열까지 오른 그의 원동력 역시 바로 책임감이었다.

우리는 전직이든 현직이든 대통령에 대해 곱지 않은 시선을 보낸다. 어느 언론인의 말처럼 대통령을 공격하는 것은 매우 '쉬운' 일이 되어버렸다. 사람인 이상 누구나 공과功過가 있는 법인데 우리 사회는 유독 대통령의 공은 외면하고 과만 쳐다본다. 이 나라 발전에 역대 대통령들의 노심초사勞心焦思도 큰 기여를 했을 텐데, 사람들은 그저 깎아내리기에 바쁘다.

이명박 대통령이 비단 문화·체육 분야뿐 아니라 2008 미국 발發 세계 금융 위기를 누구보다 신속하게 대처해 극복한 것을 비롯해, 여러 부문에서 열심히 노력해 이룬 성과가 제대로 인정받지 못하는 상황이 매우 유감스럽다.

남의 잘한 것을 인정하지 못하는 사람이 어떻게 자신의 잘한 점을 인정받을 수 있을까. 남에게 감사할 줄 모르는 사회가 어떻게 남으로부터 감사받는 사회가 될 수 있을까.

18

모든 승부는 후반전에 결정난다

김영수

1995년 10월 19일 여의도 국회 본회의장. 민주당 박계동 의원이 신한은행 서소문 지점의 128억 원짜리 예금계좌 조회표를 흔들며 "노태우 전 대통령의 4,000억 원 비자금 중 일부"라고 주장하자 세상이 발칵 뒤집혔다.

청와대는 더욱 놀랐다. 김영수 민정수석이 연희동 노 전 대통령 쪽에 전화를 걸었다.

"박계동이 헛다리를 짚었소. 우린 그런 계좌가 없소."

연희동 측의 자신 있는 답변에 김 수석은 안도했고 한승수 비서실장을 통해 북미를 순방 중이던 김영삼 대통령에게 그대로 전했다. YS는 홀가분한 심정으로 말했다.

"그래? 그렇다면 검찰더러 수사하라고 하세요."

다음 날인 20일, 안기부 청사가 서울 남산에서 서초구 내곡동으로 옮겨 준공식을 하는 자리에 역대 안기부장들이 모였다. 노 전 대통령 밑에서 안기부장을 지냈던 서동권이 후임 이현우를 보고 놀라 말했다. 노 전 대통령 비자금

관리책임자가 바로 경호실장 출신인 이현우였기 때문이다.

"지금 연희동이 난리가 났는데 뭐하고 있소? 빨리 가보세요."

서동권은 너무나 태평한 그를 보고 왠지 마음이 편치 못했다.

21일 낮, 서동권에게 연희동 쪽에서 "빨리 들어오라."는 전화가 걸려왔다. 뭔가 불길한 예감을 느끼고 서둘러 노 전 대통령 집 안방에 들어서는 순간, 노 전 대통령과 이현우가 망연자실해 앉아 있는 모습이 눈에 들어왔다. 그 앞에는 비자금 통장이 가득 든 가방이 열려 있었다.

"문제의 신한은행 계좌는 우리 것입니다. 관리하는 직원이 실수해 그만…."

얼굴을 못 드는 이현우를 한참 바라보다가 서동권이 말했다.

"이렇게 된 이상 검찰에 나가 사실대로 진술할 수밖에 없소."

22일 이현우가 검찰에 출두해 사실을 인정했다. 이로부터 며칠 뒤 김영삼 대통령은 노태우는 물론 전두환 전 대통령의 비자금에 대해서도 전면수사를 지시하는 한편 12 · 12와 5 · 18을 반란과 내란으로 규정하고 '역사 바로 세우기' 작업에 돌입했다.

11월 초 늦은 밤 집을 찾아가서야 겨우 만난 김영수 수석은 내게 이런 내막을 솔직하게 털어놓았다.

"한 사람의 사소한 실수 하나가 역사의 방향을 바꾸는구먼…."

당시 세간의 의혹은 김영삼 측이 두 전직 대통령을 공격하기 위해 계획적으로 정보를 흘린 것 아니냐는 데 쏠렸다. 그러나 김영수는 오히려 사건 경위 전모를 밝힘으로써 의혹을 해소시켰다.

내가 김영수를 처음 만난 것은 1987년 6월이었다. 당시는 우리 현대사에 분수령을 이루는 시기였다. 전두환 정권이 그해 '4 · 13 호헌 조치'로 간선제間選制 대통령 선거를 고집하고, 6월 10일 노태우 민정당 대표의 대선 후보 선출을 강행하자 분노한 민심은 '6 · 10 민주 항쟁'으로 치달았다.

공교롭게도 이날 단행된 검찰 인사에서 시국사건을 전담하는 서울지검 공안2부장에 김영수 북부지청 특수부장이 임명됐다. 그는 1974년 영부인 육영수 여사의 시해범인 재일동포 문세광을 김기춘 합동조사단장(전 청와대 비서실장)과 함께 수사했던 정통 공안부 출신이다.

당시 검찰은 경찰과 함께 5공 정권 수호의 선봉장 역할을 해 국민의 원성 대상이었고, 검사와 기자 사이에는 늘 날 선 공방이 오갔다. 그러나 김영수는 여느 검사들과 달리 기자들의 거친 주장을 반박하거나 설득하려 들지 않고 오히려 경청하고 이해하려고 했다. 이런 유연한 자세로 그는 곧 법조 기자들의 신뢰를 얻었다.

민란 수준까지 갔던 민심은 노태우의 6 · 29 선언으로 극적으로 전환, 축제 분위기로 바뀌었다. 한국은 민주화의 길로 접어들었고 검찰도 강경 일변도에서 벗어나기 시작했다.

그해 12월 직선제 대선에서 당선된 노태우는 취임과 함께 사회 전반의 민주화 작업에 나섰다. 그 대표적 대상이 1961년 5 · 16 직후 창설된 중앙정보부(중정)의 후신인 국가안전기획부(안기부, 현 국정원)였다. 무소불위의 권력기관으로 천하의 검찰도 그 앞에선 순한 양이었다.

노 대통령은 과거 안기부장으로 대부분 군 출신을 기용한 관례를 깨고 검사 출신인 배명인 전 법무부 장관을 임명했다. 그리고 배명인 안기부장의 법률특보로 김영수 부장검사가 임명됐다.

조건은 단 하나,
"정확하게만 써주시오."

김영수 특보는 취임하자마자 기자들에게 이문동의 안기부 청사를 공개했다. 1988년 6월께로 기억되는데 청사 내부를 보여주고 북한 관련 정세 브리핑과 필름 상영을 한 뒤 저녁을 대접했다.

안기부의 이런 모습은 처음이었다. 군사 독재 시절 안기부에게 언론은 협박 아니면 회유 대상이었다. 입맛에 맞지 않는 기사가 보도되면 기자는 끌려가 치도곤을 당했고, 반대로 돈과 향응으로 유혹받기도 했다.

1990년 3월, 김영수는 안기부 서열 2위인 1차장으로 발탁 승진됐다. 그동안 안기부장이 배명인→박세직→서동권으로 바뀌는 와중에서 김영수가 보여준 판단력과 대응력이 인정을 받은 것이었다.

그는 대언론 관계 문호를 대폭 개방했다. 나는 민감한 이슈를 취재할 때마다 김 차장에게 요청했고 그는 기꺼이 편의를 제공해주었다. 때로는 본인도 직접 나섰다.

우리는 시내 P호텔에 위치한 안가安家에서 자주 만났다. 그는 언론의 메커니즘을 알아 알려줄 것과 그렇지 못할 것을 확실히 구분했다. 취재원과 기자로서 우리는 신사협정을 준수했다.

돌이켜보면 1990년대 초 우리나라는 정치 · 사회 · 경제 · 외교 모든 면에서 안정되고 활력이 넘쳐났던 시기였다. 당시 문제는 권부의 요직을 노 대통령과 동향인 대구 · 경북(TK) 출신들, 그중에서도 경북고 인맥(노 대통령은 32회 졸업생이다)이 독식한다는 데 있었다. 1991년 가을 나는 이 민감한 주제를 취재하기 위해 김 차장에게 협조를 부탁했다. 그곳 수장인 서동권 안기부장(33회)을 비롯해 김윤환 민자당 사무총장(32회), 정해창 비서실장(37회), 이종구 국방부 장관(35회), 박철언 체육부 장관(41회), 김영일 사정수석(경북중 출신으로 41회에 해당), 서영택 국세청장(38회)이 취재 대상이었다.

김영수의 조건은 단 하나였다.

"정확하게만 써주시오."

그는 안기부장의 비서실장(고故 서수종)을 보내 직접 설명하게 하는 등 지원을 아끼지 않았다. 이런 과정을 거쳐 나는 '성골 TK 7인의 정권 보위전략'이란 제하의 기획기사를 완성할 수 있었다.

문제는 인쇄 과정에서 터져 나왔다. 이 기사의 서두에 1960년대 서동권 검사가 밤늦게 술을 마시고는 1년 선배인 노태우(당시 장교) 집에 자주 찾아가 초인종을 누르는 대신 대문을 발로 차고 들어갔다는 대목이 나온다.

두 사람의 막역한 사이를 설명하는 사례로 쓴 것인데 인쇄소에서 미리 원본을 입수해 본 안기부 내에서 난리가 났다. 현직 대통령과 안기부장 사이에 괜한 오해나 구설을 불러일으킬 수 있다고 본 것이었다. 안기부 측은 즉각 인쇄를 중단시켰고 신문사에 항의했다.

김영수 한국청소년문화연구소 이사장이 2004년부터 대학에 수시 입학한 우수 예비 대학생들을 대상으로 1년간 글로벌 리더십 교육을 하고 있다. 사진은 2012년 초 국립중앙박물관에서 열린 '국인 9기' 교육 과정에서 강연하는 모습. 국인은 '국가적 인재, 국제적 인재'의 줄임말이다 [김영수 제공]

"새로 인쇄하시오."

"못합니다. 언론탄압입니다."

양측은 밤새 기 싸움을 벌이다 결국 타협을 보았다. 안기부에 들어가는 잡지 150부 정도만 고치고 나머지는 기존에 인쇄한 대로 판매한다는 것이었다. 취재를 도와준 입장에서 섭섭할 수도 있지만 김 차장은 내색하지 않았다.

대형 사건사고를 민심 동요 없이 유연하게 수습하다

기자만 안기부로부터 편의를 받은 것은 아니다. 안기부도 자신들이 원하는 내용을 기자로부터 수집하고 활용했다. 한번은 김 차장이 넌지시 말했다.

"올가을에 대법원장이 바뀔 텐데 어떤 사람이 좋을까?"

그냥 의견을 구하는 것이었는데 나는 직접 취재에 나섰다. 차기 대법원장으로 누가 적합한지를 법조인들을 대상으로 한 달간 의견을 구했다. 그 결과 당시 여론은 1위 김덕주, 2위 이회창 대법관이었다. 능력으로는 이회창이지만 과도기 사법부를 이끄는 데는 성품이 원만한 김덕주가 더 낫다는 견해가 주류였다.

기사가 나간 후 김 차장실에서 "잘 보았다."는 연락이 왔다. 그리고 며칠 뒤 차기 대법원장으로 김덕주 대법관의 내정 사실이 발표됐다. 이튿날 김 내정자에게서 전화가 왔다.

"감사합니다. 함 기자 도움이 컸습니다."

1992년 5월, 제14대 국회의원(민자당 전국구)이 된 김영수는 그해 말 대선에서 김영삼 후보의 당선을 도와 1993년 2월 김영삼 정권 출범과 함께 청와대 민정수석으로 기용됐다.

그가 민정수석으로 일했던 김영삼 정부 상반기 3년은 역사에 기록될 만한 대형 사건사고가 연속적으로 일어났다. 하나회 척결, 공직자 재산공개, 금융실명제 실시, 부산 구포역 열차 전복, 목포 아시아나 항공기 추락, 서해 위도 훼리호 침몰, 성수대교 붕괴, 삼풍백화점 붕괴, 전두환·노태우 비자금 사건 등….

특히 292명의 사망자를 낸 훼리호 침몰 사고, 502명의 사망자를 포함해 총 1,445명의 사상자를 낸 삼풍백화점 붕괴사고는 그 엄청난 충격과 피해 규모에도 불구하고 민심의 큰 동요 없이 비교적 순탄하게 수습됐다. 여기에는 청와대에서 민심과 사정司正, 사건·사고를 총괄하던 김 수석의 보이지 않는 역할도 컸다.

김영삼 대통령 집권 초기 공직자 재산공개는 대개혁의 바람을 불러 일으켰다. 재산 공개 여파로 그동안 축적된 재산이 얼마이며 어떤 방법으로 축적했는가에 대한 검증 등이 이뤄지면서 정·관계 거물 인사들이 우수수 낙마했다.

물러나는 인사들 상당수는 김영삼 대통령과 청와대를 탓했다. 어느 전직 고관은 일이 있을 때는 실컷 부려먹고 일이 끝나면 헌신짝처럼 버린다는 의미의 '토사구팽兎死狗烹'이란 속담을 들어 서운함을 표시하기도 했다.

청와대에서 이 사정 작업을 총괄하는 이가 김영수였다. 그러나 그는 매우 신중한 처세와 언행으로 비판의 표적에서 벗어났다. 본인이 칼을 휘두르는 것을 자제하고 자세를 낮춰 처신했다. 그리고 대통령에 대한 오해를 특유의 조용조용한 설득 논리로 풀어 나갔다. 사실 공직자 재산공개로 야기된 숙정肅正 작업은 청와대가 미리 계획을 짜 대상을 정하고 진행한 것이 아니라 언론기관 등 여론이 주도해나간 것이었다. 언론이 문제를 삼으면 청와대가 추인追認하는 식이었다.

그는 안기부, 경찰 등 기관의 정보보고뿐 아니라 언론인들과의 솔직한 교류를 통해 정확한 민심을 파악했고, 이에 대한 정확한 대응방침을 대통령께 보고했다. 김영수를 신뢰한 YS도 거의 대부분 김 수석의 의견을 받아들였다. 결과적으로 큰 사건들이 연이어 터져도 대통령에 대한 타격으로 이어지지는 않았다. 덕분에 김영수는 통상 1년 정도 재임하면 장수한다는 소리를 듣는 민정수석을 3년 가까이 했다.

퇴직 이후 선택한 '의미 있는 삶'

1997년 3월, 문화체육부 장관을 끝으로 공직에서 퇴임한 김영수는 여러 제의를 뿌리치고 자신이 설립한 한국청소년문화연구소에서 조용히 청소년 문제에 전념해오고 있다.

그는 서울대 법대→엘리트 검사→안기부 차장→국회의원→청와대 수석→장관 등 출세 가도를 달려오면서도 드물게 상처받지 않고 온전하게 자기 길을 걸어온 사람이다. 교만·방종·탐욕의 유혹에 빠지기 쉬운 자리들이었는데 말이다.

그가 영리하고 처세가 밝다고 말하는 이들도 있다. 하지만 주변 사람들은 그가 흐트러지거나 화를 내는 모습을 거의 보인 적이 없을 만큼 자기절제自己節制가 강하다고 평한다. 그는 평소 겸손하게 처신하고 온유하게 사람을 대하며 바르게 행동하려고 노력한다.

그러나 내게 보다 인상적인 모습은 그의 후반기 인생이다. 그와 같은 고위직을 거치면 대개 퇴임 후 정계나 단체장, 대형 로펌에 가거나 새 권력에 줄을 대는 게 보통이지만 그는 '의미 있는 삶'을 선택했다.

일본 마쓰시타정경숙松下政經塾을 본떠 매년 우수 예비대학생들을 50명씩 선발, 국내외 연수와 봉사활동을 통해 지도자 인성을 키우는 사업을 10년 넘게 해오고 있다. 지금까지 총 572명이 배출됐으며 그들이 이미 법조 · 의료 · 언론 · 교육 · 경제계 등에서 활약을 시작했다.

일선 지청장 시절 인연을 맺은 제천영육아원을 30년이 넘도록 도와주고 있으며, 이승만 기념사업회 지원에도 게으르지 않다. 그밖에 눈에 보이지 않는 기부나 선행도 많이 한다.

흔히 힘센 공직에서 물러나면 주위 사람들도 썰물같이 사라지는 법이다. 그러나 김영수 주변에는 항상 사람이 많다. 이 모든 사업을 본인의 사재와 지인들의 후원으로 일궈나가고 있다. 한국농구연맹(KBL) 총재, 2014년 인천 아시아경기대회 조직위원장을 맡은 것도 주변 사람들의 적극적인 천거 덕분이었다.

세계적인 인생컨설턴트 밥 버포드는 베스트셀러 《하프타임》에서 "인생은 성공success을 추구하는 전반부 삶과 의미meaning를 추구하는 후반부 삶으로 나뉘는데 승부는 후반전에 결정 난다."고 했다.

나는 김영수가 성공적인 전반기 삶 못지않게 의미 있는 후반기 삶을 살아가고 있다고 생각한다. 그를 볼 때마다 늘 부러움과 부끄러움을 함께 느낀다. 부러운 것은 그의 반듯한 삶이요, 부끄러운 것은 그는 베풀며 살아왔는데 나는 그렇지 못하다는 점이다.

19

사형수의 뒷모습에서 본 삶의 소중함

김대두

지금도 30년 전 그때 기억이 생생하다.

기자가 돼서 처음 경찰서를 찾아간 1984년 2월 1일, 해맑은 인상의 청년이 수갑이 채워진 채 서울 성동경찰서 형사계 보호실에 수용돼 있었다.

그가 당시 세간을 떠들썩하게 한 서울 잠원동 신혼 부인 살해범이었다. 자신의 군대 동료이자 중학교 선배의 신혼집에 들어가 혼자 있는 부인을 성폭행하려 했고, 도망치는 그녀를 쫓아가 흉기로 무려 40여 차례나 찔러 살해했으며, 금팔찌, 다이아몬드 목걸이, 카르티에 손목시계 등 귀중품을 털어 달아난 장본인이었다.

잔혹한 범죄 사실과 달리 그는 사람 좋아 보이는 평범한 모습이었다. 자세히 보니 늘씬한 체격의 미남이었다. 그는 시종 예의 바른 자세로, 간혹 입가에 서글서글한 미소도 지으면서 마치 남의 얘기하듯 범죄 사실을 술술 털어놓았다.

얼마 후 사진기자들이 몰려와 플래시를 터뜨리자 그의 또 다른 모습이 나타났다. 마치 자랑스럽다는 듯 카메라를 향해 수갑 찬 손을 들어 보이며 씨익 웃는 그 표정! 잘생긴 얼굴이 순간 일그러지면서 표독스럽고 적의로 가득 찬 얼굴로 바뀌는데, 영락없는 살인자의 모습이었다. 한 인간의 얼굴에서 이렇게 극단적인 선과 악이 공존할 수 있다니….

지금 생각하면 그는 일종의 사이코패스(Psychopath, 반사회성 성격장애)였던 것 같다. 겉으로는 멀쩡한 정상인이지만 자신의 욕망을 위해서는 어떤 행위도 서슴지 않고 저지르면서 죄의식도 느끼지 않는 사람. 요즘엔 이런 범죄자가 흔하지만 당시만 해도 내 당혹감은 컸다. 그는 입대 전 국내 유수의 운송회사에 다녔고, 직장 동료들은 그를 친화력 있고 배려심 있는 젊은이로 기억했다. 전과도 없었다.

이후 나는 그의 소식을 다시는 듣지 못했다. 그러나 가끔 그의 선한 얼굴과 악마의 미소가 오버랩 되었던 순간이 생각나곤 했다. 그런데 세월이 지날수록 그가 혐오스럽게 느껴지기보다 왠지 불쌍하다는 생각이 들었다.

'그의 인생에서, 특히 성장기에 분명 무슨 일이 있었을 것이다. 그것이 그의 마음속에 악마를 키웠을 것이다. 대체 그것이 무엇이었을까?'

경찰서 출입기자 생활을 시작한 지 두어 달쯤 지난 어느 날 새벽, 집에서 자고 있던 나를 삐삐(무선호출기)가 깨웠다. 반포에 살인사건이 났으니 가보라는 지시였다. 나로서는 두 번째로 맞닥뜨린 살인사건이었다.

부랴부랴 현장으로 달려갔다. 친구의 아파트에서 지내던 범인이 사채업자에게 전화를 걸어 돈을 갖고 오게 한 뒤 바둑판으로 그의 머리를 때려 살해하고 달아난 사건이었다. 시체는 아파트 베란다 한편에 유기된 상태였다. 문제는 사건현장에서 발견된 범인의 가족사진이었다. 맙소사! 범인은 어린 시절 나와 제

법 친했던 동네 친구의 형이었다. 나도 여러 번 본 적이 있는 평범한 사람이었는데, 도대체 삶이 어떤 지경으로 흘러갔기에 이런 자포자기적 살인을 저질렀단 말인가.

이후 경찰서에서 살인자들을 접하면서 이들 대부분이 겉으로 보기에는 우리와 다를 바 없는 평범한 사람들이란 사실을 깨달았다. 그렇다면 그들이 왜 살인을 저지르게 됐는가? 그것이 알고 싶었다. 이런 문제의식은 수년 뒤 사형수 취재로 이어졌다.

온순했던 김대두는 왜 돌변했나?

첫 번째 대상은 1970년대 엽기적인 '살인마'로 불린 김대두였다. 1975년 8월 13일부터 10월 7일까지 55일간 전국을 돌며 15명을 잔혹한 방법으로 살해해 건국 이래 가장 악질적인 살인범이란 말을 들은 이였다.

그는 단지 돈 몇 푼을 빼앗기 위해 피해자들을 잔인하게 살해하고 시신을 훼손했다. 여섯 살짜리 어린이와 생후 3개월 된 아기도 "우는 소리가 듣기 싫다."는 이유로 난도질을 했다. 그는 검거된 후에도 현장검증에서 뻔뻔하게 껌을 질겅질겅 씹으며 갑자기 신경질을 부리다가 다시 히죽히죽 웃는 모습을 보여줘 국민들의 공분을 샀다.

이미 십수 년 전에 사형을 당한 김대두이지만 그를 수사했던 수사관을 비롯해, 교도관 · 교화위원들은 모두 생생히 기억했다. 흉포한 성격과 용모의 소유

1975년 10월 10일 최초의 살인 현장인 전남 광산 인근에서 범행을 재연하고 있는 김대두(오른쪽). 현장 검증 장소로 몰려든 사람들 얼굴에 놀람과 분노가 역력하다. [중앙포토]

자일 것이라는 선입견과 달리 그는 일반인보다도 체격이 왜소했고 성품도 얌전했다고 한다. 그를 기독교로 교화했던 여전도사는 이렇게 전했다.

"처음 만날 때는 나도 떨렸습니다. 희대의 살인마라고들 하지 않았습니까. 그러나 막상 보니까 체격이 너무 작고, 눈빛도 독하기는커녕 수줍음이 가득했습니다."

주변 사람들의 말을 종합해보면 그는 원래 사리분별이 바른 소년이었다. 그러나 가난한 탓에 초등학교만 마치고 10대 시절부터 고향을 떠나 외지外地 공장에서 일했다. 그러던 어느 날, 고향으로 돌아오는 길에 시외버스터미널 인근 구멍가게에서 주인과 시비가 붙었다. 바가지를 씌우는 주인과 다투다가 오히려 폭행범으로 몰려 소년원에서 6개월간 옥살이를 했다.

그런데 출소한 후 그의 얼굴과 눈빛은 예전의 그가 아니었다. 소년원에서 그는 다른 사람으로 바뀌어버렸다. 성격이 포악해진 그는 그 후 교도소를 드나드는 사람이 되더니 결국 연쇄살인범이 되고 말았다.

김대두는 사형 언도를 받고 1년여 간 구치소에서 지내면서 진심으로 참회하고 모범적으로 수형생활을 했다. 그가 여전도사에게 육필로 쓴 편지들을 읽어보면 자라온 환경, 범행 후 참회과정, 종교를 통한 안정과 깨달음, 내세 구원에 대한 간구 등이 잘 나타나 있었다.

"돌이킬 수 없는 죄를 저지르고도 반성은커녕 하늘과 땅과 세상 사람을 원망하고 저주했습니다. 철창을 붙들고 다시는 향락과 쾌락을 못 누릴 자신을 저주하며 나 하나 없어지면 끝나지 않느냐는 사고방식으로 삶을 포기한 채 절망과 좌절감 속에 몸부림 치고 있었습니다. 그때 사모님께서 다가오셔서 따뜻하신 사랑과 성령을 통해 행복과 사랑과 눈물이 무엇인지를 알게 해주셨습니다."

그는 그해 12월 28일 사형집행 직전 진술하면서도 뜻 깊은 유언을 남겼다.

"이 세상에서 더럽고 추악하고 흉악한 이 죄인을 거두어주시고 은혜를 베풀어주신 하나님 아버지께 무어라 감사의 말을 드릴지 모르겠습니다. (…) 마지막으로 이 사회에 부탁드리고 싶은 것은, 사회가 전과자들을 좀 더 따뜻이 대해주셔서 갱생의 길을 넓게 열어주시기 바랍니다. 어두운 그늘에 있었던 이들이기에 그들의 꿈은 더욱 간절하고 누구보다 크다는 사실을 알아주시길 바랍니다. 우리 같은 사람도 출소하기 전 꿈을 갖는데 나와서 냉대를 받게 되면 자포자기 심리로 다시 범죄에 빠져들게 됩니다. 교도소에서도 초범자와 재범자는 분리 수용하여 죄를 배워나가는 일이 없도록 해주십시오."

김대두는 의연하게 사형집행을 받고 저 세상으로 갔다.

사형수는 대체로 사형을 선고받고 처음 몇 달 동안 극도의 좌절과 불안 속에서 포악해지거나 발작적으로 보낸다. 그러다가 사형일이 확정되면 점차 체념 상태에 접어들어 심적 안정을 찾게 되고 이후 종교의 힘으로 참회하다가 형을 맞게 된다.

1980년대 초 도박에 미친 28세의 한 교사가 자신의 중학교 1학년 제자를 유괴, 살인한 뒤 암매장했다. 당시 전국을 뒤흔든 그 유명한 '이윤상군 살해사건'이었다. 범인 주영형은 이 범행에 자신이 성적 노리개로 삼았던 여고생 제자 2명도 가담시켜 더욱 사람들의 공분을 샀다.

그런 주영형도 구치소에서 특히 20세 안팎의 재소자들을 상대로 기독교를 전도하는 열렬한 신앙인으로 바뀌었다. 그는 처형 직전 이렇게 말했다.

"나로 인해 교직자의 이미지가 먹칠을 당한 것에 대해서 죄송하게 생각한다. 속죄하는 의미에서 나의 신체를 기증하겠다. 나로 인해 앞길을 망치게 된 학생들(2명의 여고생 제자)에게 진심으로 사과하며, 나 때문에 유명을 달리한 윤상이의 명복을 빈다."

주영형과 자주 만났던 한 여성 교화위원은 그가 평소 자기 심정을 솔직하게 털어놓는 스타일이 아니고 묵묵히 듣는 편이며, 삶에 대한 의지가 없이 담담하게 죽음을 기다리는 모습이었다고 기억했다.

주영형의 유언에 이런 내용이 있다.

"노름에 손을 댄 뒤 돈을 잃고 화가 나서 술과 여자를 가까이했습니다. 월급으로는 이자도 못 갚아 결국 윤상이 유괴 계획을 세우게 됐습니다. 만사가 잘될 것으로 생각했습니다. 주사위가 잘 굴러간다는 생각에서 깨어났을 때 저는 법정에서 사형선고를 받고 있었습니다…."

지방 세무서장을 지낸 주영형의 아버지는 사형집행 다음 날, 통보를 받고 달려와서 "도저히 맨 정신으로는 어렵다."며 술을 잔뜩 마시고는 취한 상태에서 아들의 시신을 거두어갔다.

극악한 범죄자일수록 마지막은 선한 모습으로

사형수는 죽음 직전에 최후진술을 한다. 교도관들 사이에서 가장 인상적인 최후를 보인 사형수로는 서진 룸살롱 살인사건의 범인 고금석이 꼽힌다. 앞에서 소개했듯이, 1986년 서울 강남 조직폭력배 간 다툼으로 8명이 잔인하게 살해되거나 중상을 입은 사건이었다.

당시 22세였던 그는 유도학과 출신으로 친한 선배들을 쫓아다니다 엉겁결에 싸움에 휘말려 그런 결과를 빚었다. 험상궂은 외모나 잔인했던 범행수법과 달리 감옥에서 "저 친구야말로 부처님 가운데 토막 아니냐."는 평을 들을 정도로 불교에 심취해 모범적으로 살다가 갔다.

어떤 교도관은 "마치 성자聖者처럼 살다 갔다."고 했으며, 담당 검시관은 "내가 본 사형수 중에서 가장 깊이 회개하고, 겁에 질리지 않은 채 시종일관 평화롭게 죽어간 이였다."라고 회고했다.

사형집행 직전에 그는 "할 말 있느냐?"는 집행관의 물음에 또렷한 목소리로 "할 말 있습니다."라고 대답했다. 그리고 이런 말을 남겼다.

"부모님께 불효하고, 한을 남기고 떠나는 이 못난 자식을 용서해달라고 전해주십시오. 다음 생에는 꼭 효도하겠습니다. (…) 세상 사람들에게 할 얘기가 있습니다. 이곳에 들어온 지 햇수로 3년. 그동안 진리(불교) 안에서 후회 없이 뜨겁게 살다 갑니다. 비록 3년이지만 길게 사는 것이 중요하다고 생각하지 않습니다. 깨달음 없이 300년, 아니 3,000년을 산다고 무엇이 더 낫겠습니까. 한 순간이라도 인간답게 사는 게 중요하지요."

태연한 최후 얘기가 끝나고 곧이어 종교의식이 진행됐다. 오히려 교화 스님이 눈물을 흘리며 반야심경을 외다가 그만 까먹고 말았다. 따라하던 고금석이 낭랑한 목소리로 이어 나가자 스님은 그것을 뒤따라 낭송하게 됐다. 사형수는 태연자약하게 미소 짓고, 스님은 울고…. 완전히 위치가 뒤바뀐 셈이 됐다. 의식이 끝난 뒤 고씨가 도리어 스님을 위로했다.

"스님, 죽음은 없다고 가르쳐 주셨죠…. 저는 그 가르침을 뼛속 깊숙이 명심하고 있습니다. 그래서 이렇게 웃고 있지 않습니까."

"그래…. 죽음이란 육체의 감옥을 깨고 대大 자유인, 대석방大釋放이 되는 것이지…."

"스님, 그래서 저는 이렇게 웃고 있는데 왜 스님은 우십니까."

"…."

훗날 그 스님은 "내가 도리어 금석이에게 배운 것이 많았다."고 고백했다.

불자 된 도리는 아니지만 당시 그가 너무 거룩하게 보여 울지 않을 수 없었다고 회상했다.

사형집행 현장을 여러 번 지켜본 사람들은 사형수 대부분이 예상보다 훨씬 침착하게 그리고 선하게 최후진술을 남기고 간다고 했다. 극악한 범죄로 세상을 뒤흔들었던 사형수는 거의 다 180도 변신한 모습으로 마지막을 맞이하며, 평소 그렇게 골치를 썩이던 망나니 같은 사형수도 이때만은 양순하고 인간적인 모습으로 바뀐다고 한다.

생에 대한 애착을 보이는 것은 인지상정이다. 태연하게 생활하다가 마지막에 가서 울고불고 매달리는 약한 모습을 보이는 사람도 있고, 아예 평소와 전혀 다른 모습을 보이는 경우도 있다. 고금석과 같은 날 처형된 30세의 강도강간치사범 모씨는 평소 구치소에서 전도사로 불릴 정도로 전도활동에 적극적이고 신앙심이 돈독했으나, 막상 사형장에선 "모든 종교를 거부하겠다."고 외쳐 주위를 놀라게 했다.

수십 명 중 한 명 꼴로 사형장에서까지 구제불능의 극악함을 보이는 사형수도 있긴 하다. 박삼중 스님이 대구교도소 사형집행장에서 목격한 일이다.

30대 초반의 살인범은 형장에 들어오면서도 "엉터리 재판 치우라."는 등 단말마적 행동을 보이고, 유언에서도 "너희 놈들도 죽어서 지옥에서 만나자. 내 죄에 비하면 너희들의 숨겨진 죄는 몇 배 더 크다."고 저주를 퍼붓고 갔다.

마지막 순간까지 "나는 억울하다."며 무죄를 주장한 이도 있고, 눈동자가 하얗게 뒤집힌 채 "억지 누명을 쓰게 한 판검사들에게 죽어서라도 복수하겠다."

고 섬뜩한 얘기를 남기고 간 이도 있다.

한 교도관은 "1970년부터 1990년까지 내가 복무한 20년간 좌익수를 제외하고 10명가량이 형장에서 억울하다는 유언을 남기고 죽었는데, 그 순간 우리는 대부분 그의 무고함을 믿곤 했다."라고 말했다.

사형수 중에서 좌익수나 양심수는 확신범이라 대체로 의연하게 최후를 마쳤다. 1950~1960년대 처형된 좌익수에는 공비, 무장간첩, 행동대원들이 많아 집행장에서 "김일성 만세!" 등을 고래고래 외치다 가는 경우가 많았다. 그러나 1970년대 이후에는 대부분 인텔리 출신의 이른바 자생간첩이나 해외교포 간첩들이 처형되었기 때문에 마지막으로 남기는 말이 "조국 통일을 기원한다."는 내용이 대부분이었다.

1976년 서울구치소에서 처형된 어느 여자간첩은 "내가 활동한 것은 김일성이 좋아서가 아니라 오직 조국통일을 위해서였는데 못 보고 가는 것이 한스럽다."고 했다.

1969년 종교에 귀의한 채 처형된 남파간첩 김세진은 집행장에서 "나는 영혼의 존재를 믿는다. 일시적으로나마 무신론에 빠져 기계적인 인간관을 갖게 된 것을 용서하기 바란다. 죽은 다음에 영혼을 위로하는 천도제를 지내줬으면 한다."는 말을 남기고 갔다.

이 풍진 한국 현대사에서 여러 정치범이 사형을 당했는데 교도관들 사이에 가장 인간적이고 솔직한 모습을 보여준 이로 곽영주 전 경무관이 꼽힌다. 그는 1960년 4·19 혁명으로 이승만 정권이 무너지기 전까지 경무대에서 막강한 권력을 휘두르던 인물로 당시 시위대를 향한 발포 책임자로 지목돼 사형에 처해졌다. 그는 이런 유언을 남겼다.

"누구보다 아내와 자식들에게 미안하다는 말을 전해주십시오. 지금 이 마당에서 제가 무슨 국가와 민족 얘기를 할 수 있겠습니까. 그동안 집을 나가면 1주일에 한 번 들어가기도 쉽지 않았습니다. 그게 다 국가와 민족을 위한 일 때문이라고 생각했는데, 결국 그 일로 나는 이 자리에 섰습니다. 참으로, 진정으로…, 제 아내와 자식들에게 미안했다고…, 다른 집 아빠, 남편처럼 하지 못하고 가서 죄송하다는 말을 꼭 전해주십시오…."

우리나라는 1997년 12월을 마지막으로 사형집행이 이루어지지 않고 있어서, 지금은 사실상 사형 폐지 국가로 분류된다. 때문에 사형수에 관한 이 모든 얘기는 1997년 이전에 있었던 일들이다. 서울구치소가 지금 경기도 의왕시로 옮겨온 1987년 이전, 서울 현저동 구舊 서울구치소 시절엔 '지옥 3정목'이라고 불리던 샛길이 있었다. 의무실로 가는 길에 사형장으로 꺾이는 왼쪽 길목을 말했다.

옛날에는 사형수들이 여기서 자신의 운명을 비로소 알았다고 한다. "이쪽으로."라는 말에 사형수는 순간 멈칫하고 교도관을 바라본다. 그 시선은 이미 초점을 잃고 있다. 그런 시선으로 멀리 산을 보고 푸른 하늘을 보고 뒤돌아 사방舍房을 쳐다본 후 고개를 푹 떨군 채 땅을 보고 걸어갔다는 것이다.

자유당 시절 정치깡패였던 이정재는 여기서 평소의 의연한 자세를 잃고 "이

놈들이 날 죽인다."고 고함을 지르며 버텼다. 연예계 대부로 군림한 임화수는 "엄마, 나 죽기 싫어."를 연발하며 어린애같이 엉엉 울고 발버둥 치다 끌려갔다는 얘기가 교도관들 사이에 회자되고 있다.

박정희 대통령의 시해범 김재규 전 중앙정보부장은 인간의 연약한 본성을 드러내면서 죽은 축에 속했다. 독실한 불교신자였던 김씨는 처형 직전 스님의 집례를 거부했다. 그러나 두 손으로 꼭 쥔 염주를 굴리면서 떨리는 목소리로 나무아미타불을 계속 복창했다. 그는 기어가는 듯한 목소리로 유언을 했다.

"날 죽일 필요가 없잖아. 이건 크게 잘못하는 거야. 나는 내 할 일을 했을 뿐인데…."

유언이 조리를 잃고 비방으로 발전하자 집행관이 눈짓을 했다. 집행자들이 하얀 장갑을 낀 손으로 뒤에서 두건을 씌웠다. 염주알을 잡은 김씨의 두 손이 더욱 다급하게 떨리고 있었다.

살인자와 사형수들의 살인 동기는 지극히 개인적인 동시에 사회적이다. 김대두는 못 살고 못 배우고 힘없고 무시당한 사람의 좌절, 분노를 극악무도한 형태로 표출했다. 그는 헐벗고 무질서한 후진국 범죄자의 전형이자 극단적인 모습이었다.

반면 유복한 집안에서 자란 주영형은 허망한 방탕에 빠져 제자를 죽이는 패륜으로까지 발전한다. 그러나 그를 통해 우리는 악의 씨앗이 바로 평범한 우리네 일상에 있음을 감지한다.

또한 체력 좋고 씩씩한 고금석은 젊은이들이 가진 혈기와 의협심이 제어되지 못할 경우 얼마나 야수적으로 변할 수 있는가를 생생하게 보여주었다.

어떻게 살아야 할지 깨우쳐주는 '메멘토 모리'

때때로 살인자의 과거 중에는 그 끔찍한 범죄에 강력한 동기를 부여해주는 사건이 있다. 그런 사건은 우연적으로, 또는 필연적으로 다가와 엄청난 일을 저지르도록 유도한다. 그럴 경우 과연 신은 어디까지 죄를 인정해줄 것인가.

러시아의 문호 톨스토이나 도스토옙스키는 수많은 작품을 통해 인간의 마음속에 자리 잡고 있는 선성善性과 악성惡性의 끊임없는 충돌을 일관되게 보여주었다. 당시 사형수 취재를 통해 나는 그 복잡한 인간 본성에 대한 희망과 두려움을 동시에 느꼈다.

인간은 누구나 잘못할 수 있다. 살인자나 사형수도 '별종 인간'이 아니다. 우리도 누구나 인생이 잘못 풀리면 김대두나 주영형이 될 수 있다. 그러니까 늘 조심해야 한다. 결국 겸허하게 살아야 한다.

또한 극악무도한 죄를 짓고도 고금석처럼 환골탈태하여 새사람이 될 수 있다. 그들의 죄는 용납될 수 없지만 사람마저 미워해선 안 된다. 유대교·기독교·이슬람교·불교의 가르침이 말해주듯 신은 인간의 어떠한 잘못도 진심으로 참회하면 용서해준다. 그러니까 불행한 과거에 대해 회한이나 절망, 원한을 갖지 말자. 여기서 우리는 희망을 찾게 된다.

이후 세월이 흘러 수많은 사람을 만나고 취재하고 경험을 쌓으면서, 나는 그 생각들에 더욱 확신을 갖게 되었다. 똑똑하고 잘나가던 사람이 하루아침에 추락해 죄인으로 사라져 가는 모습도 봤고, 또 그 반대의 경우도 많이 목격했다.

사형수들의 마지막 순간은 결국 '내 삶의 마지막 순간은 어떨까'에 대한 숙고로 귀결된다. 후회·자책·미련·두려움으로 가득 찬 불행한 순간으로 다가올까, 아니면 보람·만족·감사·담담함의 행복한 순간이 될까.

젊은 시절에는 내 인생의 마지막을 상상하는 것조차 싫어했다. 하지만 인생의 종반전을 향해 달리는 지금에는 오히려 적극적으로 받아들이려고 한다. 마지막 순간에 대한 생각이 역설적으로 지금 이 짧은 생에서 진정한 삶의 가치가 무엇인가를 사유하게 해주기 때문이다.

중세 수도사들의 주된 가르침이었던 '메멘토 모리Memento Mori', 즉 '죽음을 기억하라.'는 말도 사실 죽음을 강조한 것이 아니라 지금 우리가 '어떻게 살아야 할 것인가.'를 일깨워주는 메시지 아닌가.

만약 모든 사람이 자신의 마지막 순간, 즉 죽음에 대한 생각을 스스로 마음 한구석에 접어두고 살아간다면 훨씬 값진 삶이 되지 않을까.

일상의 여유와 마음의 평온을 유지하면서도 가끔 자기만 아는 마음의 깊은 창고에서 자신의 '마지막 순간'을 꺼내 생각해볼 수 있을 때, 이 생이 얼마나 값지고, 시간이 얼마나 귀중하며, 일상에 접하는 사람들과의 관계가 얼마나 소중한 것인지를 깨닫게 되지 않을까. 그래서 일상생활에서 느끼는 갖가지 갈등, 욕망의 덩어리가 사실은 얼마나 하찮은 것인가를 느끼고 진정 추구해야 할 것이 무엇인지, 지금 당장 해야 할 일이 무엇인지를 느낄 수 있다면….

사형수를 취재한 뒤 가슴에 차오르는 감정은 더 이상 섬뜩함이 아니라 살아있다는 것의 기쁨과 살아간다는 것의 소중함이었다. 그리고 그 깨달음은 지금까지 내 마음속을 밝히는 작은 촛불로 남아 있다.

20

진정한 혁명은 자신과 치열하게 싸우는 것

박노해

추적추적 비가 내리는 11월 늦가을 저녁, 교도관 복장을 한 나는 경기도 의왕시 서울구치소 마당을 가로질러 사형장으로 향했다. 주위는 적막했다. 멀리 보이는 청계산만이 험상궂은 얼굴로 내려다보고 있었다.

"기자가 이곳을 직접 보는 것은 아마 함 기자님이 처음일 겁니다."

교도관의 이런 말을 들으며 사형장으로 들어서는 순간, 우측 편에 사형대가 바닥이 꺼진 채 시커먼 입을 벌리고 있는 모습이 보였다. 그 위에 교수용 밧줄이 축 늘어져 있었다.

노란색 마닐라삼으로 만든, 어른 큰 손 엄지손가락 굵기의 밧줄. 1987년 서울구치소가 서울 서대문구 현저동에서 이곳으로 이전한 이후 1991년 현재까지 모두 14명이 이 밧줄로 처형됐다. 그래서 올가미 쪽은 보다 누렇게 변색됐으며 검붉은 핏자국도 있었다.

이렇게 시작된 사형수 취재는 재소자, 교도관, 수사관, 판 · 검사, 교화위원, 성직자 등을 만나며 근 한 달간 계속됐다. 바로 앞 장에서도 언급했듯이 사형수를 취재하면서 나는 흉악범에 대한 선입견을 수정해야 했다. 극악무도한 범죄를 저지른 사형수의 최후가 도리어 선한 경우가 많았기 때문이다. 1970년대 엽기적 살인마 김대두, 1980년대 초 이윤상 군 살해사건의 주영형, 서진 룸살롱 살인사건의 고금석 등이 그랬다.

사형수의 뒷모습은 역설적으로 인간 본성에 대한 회의보다 긍정적 시각을 가져다주었고, 삶의 소중함을 더욱 절실히 느끼게 했다.

이 기사가 1991년 12월에 보도되고 나서 얼마 후 한 통의 전화가 걸려왔다.

"저는 박노해 누난데요. 서울구치소에서 기자님의 기사를 읽고 한번 뵙고 싶다고 하네요."

순간 깜짝 놀랐다. 박노해가 누구인가. 현장 노동자로 일하면서 《노동의 새벽》이란 시집을 통해 1980년대 한국 민주화와 노동운동을 주도한 상징적 인물. '얼굴 없는 시인'으로 7년간 수배를 받아오면서 사노맹(남한 사회주의 노동자동맹)을 결성, 우리 사회의 터부였던 '사회주의 혁명'을 꾀하다 검거돼 국가보안법위반죄(반국가단체 수괴)로 무기징역을 선고받은 '골수 빨갱이' 아닌가.

놀라움 반, 호기심 반으로 약속한 서울구치소 면회실로 갔다. 그러나 면회신청을 하려는데, 아뿔싸 주민등록증을 집에 두고 온 게 아닌가…. 나는 평소 친분 있는 구치소장에게 연락해 면회를 부탁했으나 도리어 화근이 됐다. 전 국민의 관심이 걸린 '특급' 공안사범과 기자의 면회 자체에 비상이 걸린 것이었다. 나는 쓸쓸히 돌아설 수밖에 없었다.

이듬해인 1992년 봄, 박노해는 대법원에서 무기수로 확정됐고 나는 해외 근무를 하면서 한동안 그를 잊었다.

달라진 박노해

"와인 마시러 가지 않겠어요?"

김대중 정권이 들어선 1998년, 박노해는 8 · 15 광복절 특사로 7년간 수형생활을 마치고 풀려나왔다. 그는 물 만난 물고기처럼 활발한 대외 활동을 하기 시작했다.

그는 더 이상 절망 · 분노 · 증오의 언어로 이념과 투쟁을 선동하는 과거의 혁명가가 아니었다. 이미 감옥에서부터 "정신으로서의 사회주의는 지켜가야 하지만 현실체제로서의 사회주의는 잘못됐다."고 공언해 운동권과 진보 세력의 큰 반발을 불러일으켰었다.

대신 그는 자기 내면에 대한 성찰과 쇄신을 통해 희망 · 감사 · 사랑을 이야기하는 휴머니스트가 돼 있었다.

현실을 긍정하고 세상을 배우면서도
세상을 닮지 마십시오. 세상을 따르지 마십시오(…)
현실 속에 생활 속에 이미 와 있는
좋은 세상을 앞서 사는 희망이 되십시오
- 《사람만이 희망이다》 중에서

그는 자신의 욕망도 솔직하게 드러냈다.

아름다운 것, 새로운 것, 섹시한 것, 세련된 것, 우아한 것, 신비로운 것…. 이런 '좋은 것'들에 나는 본능적으로 이끌린다. (…)
격조 높은 카페와 근사한 식탁 앞에서 절로 터져 나오는 나의 감탄사, 백화점에 진열된 고급 상품들을 애무하듯 바라보는 나의 끈적한 눈빛. 인사동 거리와 화랑에서 흐르는 정취에 취한 듯 휘영청한 나의 호기로움. 웅혼한 역사의 몸짓에서 춤추는 여인에게 무릎 꿇어 바치고픈 나의 입맞춤. 유럽의 거리가 보여준 삶의 질과 문화 수준의 높이에 절망하는 나의 비탄. (…)
나는 눈물을 닦으며 정직하게 인정한다.
아름다운 것은 아름다운 것이다.
좋은 것은 좋은 것이다.
-《오늘은 다르게》 중에서

나아가 그는 자신이 겉으로는 순수한 혁명가처럼 보이지만 내면에는 거대한 욕망이 숨어 있는 사람이라고 고백했다.

나는 진귀하고 맛있는 음식이 좋았고, 고급스럽고 세련된 옷이 좋았고, 기품 있고 우아한 여자가 좋았다. 남들이 나를 알아주고 유명해지고 힘 있는 게 좋았다. 왜 나는 그런 나를 몰랐을까. 왜 나는 그 욕망을 떳떳이 긍정하지 못했을까.
-《오늘은 다르게》 중에서

당시 홍콩에 있던 나는 박노해의 변신을 보면서 '저 사람의 실체는 과연 무엇일까?'라는 생각이 들었다.

귀국한 나는 2002년 봄, 그에게 전화를 했다. 우리는 인사동 선술집에서 만났다. 그의 얼굴에서는 20년 넘는 거친 삶이나 투쟁의 흔적이 전혀 보이지 않고 오히려 맑은 평화가 느껴졌다. 세속을 떠난 수도자 같았다.

그는 옥중에서 극도의 절망감에 빠져 있던 1991년 말, 내가 쓴 '한국의 사형집행(〈월간 조선〉 1991년 12월호)'을 읽고 나를 만나보고 싶었다고 했다.

"사람의 내면을 그렇게 깊이 들여다볼 줄 아는 기자 분에 대해 호기심이 들었습니다."

그는 자신이 출감한 후에 쓴 책 몇 권을 내게 주었다. 그중 《사람만이 희망이다》라는 제목의 책에서 이런 구절이 눈에 띄었다.

> 9시 뉴스를 진행하는 장애우 앵커를 보고 싶어
> 삶의 철학을 강의하는 노동자 교수님을 보고 싶어
> 이혼한 여자가 대통령으로 뽑히는 걸 보고 싶어
> 동남아시아계 2세가 서울시장이 되는 걸 보고 싶어
>
> 서울역에서 상경하는 농사꾼에게
> 정중히 경례하는 경찰청장이 보고 싶어
> 안기부 청사에 아이들과 김밥 싸들고
> 격려 방문하는 시민들을 보고 싶어

북한 노동자의 손에 깨끗이 쓰러진 수령의 동상을,

항일운동하던 시절의 김일성 장군 사진이

독립기념관에 걸려진 걸 보고 싶어

-《사람만이 희망이다》 중에서

이런저런 이야기를 나누고 헤어지려는 순간 박노해가 말했다.

"와인 마시러 가지 않겠어요?"

와인을 좋아하는 나로서는 그 말을 박노해로부터 듣는 게 신기했다. 당시 와인은 대부분의 사람에게 생소하고 사치스럽게 느껴지는 술이었다. 문득 박노해를 만천하에 알려준 '노동의 새벽'이란 시의 첫 구절이 떠올랐다.

전쟁 같은 밤일을 마치고 난

새벽 쓰린 가슴 위로

차가운 소주를 붓는다

아

이러다간 오래 못 가지

이러다간 끝내 못 가지

-《노동의 새벽》 중에서

그를 따라간 곳은 당시 월드컵 축구대표팀의 히딩크 감독이 자주 간다는 삼청동 '콩두'라는 집이었다(이 집은 이후 나도 단골이 되었다).

좋은 세상 만들려면 내가 먼저 좋은 사람 돼야

박노해는 여순반란사건에 연루된 판소리꾼 아버지와 가톨릭 수녀를 꿈꾸었던 어머니 사이에서 5남매 중 넷째로 전남 함평에서 태어났다. 그런 집안 환경 탓인지 형 박기호는 정의구현사제단을 대표하는 신부가, 여동생은 수녀가 됐다.

6세 때 찾아온 아버지의 죽음, 그리고 가난과 이산가족…. 숱한 고생 끝에 선린상고 야간부를 간신히 졸업한 그는 건설·섬유·화학·금속·운수 현장에서 가혹한 노동조건과 싸우며 노동운동가의 길을 걸었다.

이때 그는 '평화의 기틀이 되라.'는 의미인 박기평朴基平이란 본명을 버리고 '박해받는 노동자의 해방을 위하여'를 줄인 박노해란 이름으로 활동했다.

드디어 1987년, 군사 독재가 종식되고 민주화가 됐지만 그는 도리어 국가반란 수괴가 돼 1991년 여름에 사형을 구형받는 신세가 됐다. 게다가 절대 진리라고 믿었던 사회주의마저 몰락했다는 소식(구 소련 붕괴)을 옥중에서 듣고 심한 좌절감을 느꼈다.

재판으로 법정을 드나들던 어느 날, 호송차 옆에 앉은 여인이 '아이 둘 가진 노동자'라며 말을 걸어왔다.

노조에도 참여하고 가진 자들 욕도 하고
잘못된 세상을 확 바꿔야 한다고 원망도 많았는데

이제 생각하니 그게 다 도둑놈 마음이었어요
죄가 어디 홀로 지어지는 건가요
다 수많은 관계 속에서 죄짓고 사는 건데 (…)
제 욕심과 비겁함과 힘없음이 저들을 더 크게
더 거칠 것 없이 죄짓도록 부추겨온 건데요
–《사람만이 희망이다》 중에서

그녀는 "가진 자들의 탐욕과 부정부패는 사납게 비판하면서도" 정작 자기 자신의 "이기심과 작은 부정들은 함께 보지 않았"다고 말했다. "제 자신이 먼저 참되고 선하고 정의롭지 않고서어떻게 세상 평화와 정의를 바랄 수 있겠"냐고 반문했다.

선생님, 저 이제 나가서는 잘 살겠습니다
좋은 세상 함께 이루어가는 좋은 사람이 되도록
제 자신과도 싸우면서 그 힘을 보태겠습니다
–《사람만이 희망이다》 중에서

"마치 고해성사하듯 떨리는 목소리로 다짐하던 그 여자"의 말에 박노해는 산처럼 무너져내렸다. 경주교도소로 이감된 후 그의 심신은 급격히 허물어져 갔다. 온몸에 마비가 오고 눈은 실명됐으며 음식도 먹지 못한 채 차디찬 독방에 누워 몇 달을 보냈다. 그의 귓전에는 그녀가 던진 물음이 계속 메아리쳐 들렸다.

선생님, 제 마음속에 품어온 꼭 묻고 싶은 말이 있습니다
사회주의가 정말 우리가 바라는 그런 좋은 세상인가요?
그렇게 평등하고 경쟁 없이 편한 사회에서
누가 열심히 일하려 하겠습니까?
그렇게 정의롭고 도덕적인 사회에서
사람이 무슨 재미로 살겠습니까?
그렇게 좋은 사회가 누구 힘으로,
어느 세월에 언제 이루어지겠습니까?
언제쯤 이기적인 우리 노동자와 서민들이
그런 성인으로 변화될까요?
-《사람만이 희망이다》 중에서

박노해는 스스로 '영원한 패배자'란 절망 속에 빠져 있었다. 그러나 시간이 흐르면서 마음 한구석에선 '굳은 이념의 틀에 갇혀 이대로 죽기는 싫다.'는 아우성이 솟구치기 시작했다.

'모두가 내게 돌팔매를 던질지라도 정직하자. 좋은 세상을 만들려면 내가 먼저 좋은 사람이 돼야 한다.'

박노해는 감옥에 있는 7년 동안 무너지고 깨어지는 게 자신의 일이었고 남은 희망이었다고 했다. 그런 과정을 통해 철저한 자기부정과 깨달음이 이어졌다. 그래서 그는 결국 외부의 적과 투쟁하는 삶을 넘어서 바로 자기 자신과 치열하게 싸우는 것이 진정한 혁명적 삶이요, 스스로도 너무 많은 죄를 지었다

전통차 차이를 나눠 마시며 서로의 사랑을 확인하는 파키스탄의 한 가정을 찍은 자신의 사진 앞에 선 박노해 시인. 그는 티베트·파키스탄·인도·라오스 등 분쟁 및 빈곤 지역에서 촬영한 사진 중 120여 컷을 모아 2014년 세종문화회관에서 사진전 '다른 길'을 개최했다. [중앙포토]

는 것을 깨닫는 겸손한 사람으로 변화했다.

출소한 지 2년 뒤인 2000년 어느 날, 그는 "과거를 팔아 오늘을 살지 않겠다."고 스스로에게 다짐한 뒤 언론 접촉 등 사회적 발언은 물론 과거 운동권 인사들과의 교류도 일절 끊었다. 대신 사회운동단체 '나눔문화'를 설립하고 21세기 글로벌 시대에 인류가 직면한 생태·전쟁·양극화·영혼 등 네 가지 위기를 극복하기 위한 새로운 형태의 운동에 나섰다.

박노해를 만난 이후 나는 그가 운영하는 나눔문화에 자주 찾아가 어울리곤 했다. 이곳에선 자급·자립하는 삶의 공동체인 '나눔마을', 빈민촌 아이들과 직접 농사짓고 좋은 일을 하는 '나누는 학교', 전쟁과 가난으로 고통받는 제3세계 사람들을 돕는 '글로벌 평화나눔' 등 여러 사업을 전개하고 있었는데 나는 '나눔문화포럼'에 참여했다.

한 달에 한 번씩 저녁에 모여 잡곡밥을 함께 먹고 각계 전문가들의 강연을 듣는 슬로 라이프slow life의 시간이었다. 강사로는 가수 고故신해철, 건축가 승효상, 화가 임옥상, 미술평론가 유홍준 교수, 박원순 변호사, 사회학자 송호근 교수, 김재철 회장, 국악인 황병기 선생, 언론인 김진현, 안철수 사장 등이 나왔다. 재원은 회원들의 회비와 박노해 개인의 출판 인세 등으로 충당했다.

당시는 노무현 정권하에서 우리 현대사에 대한 비판이 심할 때였다. 2005년 신문사를 나온 나는 사무실을 얻어 《나의 심장은 코리아로 벅차오른다》라는 제목으로 우리 현대사를 긍정하는 내용의 책을 썼다. 출판기념회를 열 때 나눔문화 친구들이 도움을 주었다.

다시 세월이 흘렀다. 나는 사는 일에 바빠 최근 수년간 박노해를 만나지 못했다. 그동안 박노해는 낡은 카메라와 오래된 만년필을 들고 아프리카·중동·아시아·중남미 등 세계 빈곤 지역과 분쟁 현장을 돌았다. 그리고 그들과 함께 지내며 나눈 이야기를 사진과 글로 전하고, 그들을 돕는 운동을 꾸준히 전개해왔다.

지난 1월 초, 나는 인왕산 등산을 마친 후 부암동 길을 지나가다 우연히 나눔문화 건물을 발견했다. 신문로에서 그곳으로 이사 온 것이었다. 안에 들어가 보니 박노해의 페루 사진전이 열리고 있었다. 해발 3,000m 산속에서 잉카제국의 후예들이 살아가는 모습이 박노해의 탁월한 예술적 감성과 영성靈性이 함께 어우러져 생생히 나타나 있었다.

박노해의 근황을 물어 보니, 최근 산속에 들어가 책을 집필하는 중이라고 했다. 시나 에세이가 아니라 그동안 고민하고 사유해온 지구 평화와 나눔, 사랑에 대해 집약한 사상서를 준비하고 있다는 것이다.

나는 마치 오래된 친구 집에 온 것 같은 편안함을 느꼈다. 전시장 옆 카페에 앉아 차를 마시면서 나는 박노해의 살아온 길을 더듬어 보았다.

어진 천성과 용기, 열정으로 자기만의 다른 길을 가다

그는 이제 더 이상 진보도 보수도 아닌, 제3의 길을 뚜벅뚜벅 걸어가고 있다. "인간의 기본을 건너뛰고 나라 경영에는 무능한 채 절대이념에만 목청 높이는 진보 지식인"이나 "자기 먹고살 것은 물론 온갖 기득권과 특권을 다 누리며 도덕과 법질서를 떠드는 보수 지식인"(《사람만이 희망이다》 중에서)들을 경계하라고 말한다. 이 때문에 그는 한쪽에선 변절자요 전향자로, 다른 한쪽에선 위선자요 기회주의자로 배척당하기도 하지만, 흔들리지 않고 자기만의 길을 가고 있다.

그에게는 일관된 모습이 있다. 예나 지금이나 약자 편이라는 사실이다. 가난하고 억압받고 불행한 사람들의 편에 서는 것은 아마도 그의 천성天性인 듯싶다.

"위대한 일을 하는 것이 아니라 위대한 사랑으로 작은 일을 하는 것, 작지만

끝까지 밀어가는 것, 그것이야말로 내가 아는 가장 위대한 삶의 길이다."(《다른 길》 중에서)

그는 그런 '사랑'의 마음으로 이라크·팔레스타인·레바논·쿠르디스탄·다르푸르·아체·인도·파키스탄·라오스·티베트·페루의 오지를 찾아가 때로는 목숨도 위협받는 극한 상황에서 그들을 도와주는 평화·나눔 운동을 펼치고 있다. 그가 순례한 나라들에서 느낀 감상이 최근 출간된 사진에세이 《다른 길》에 잔잔하게 나타나 있다.

좋을 때도 있고 나쁠 때도 있는 거죠.
풍년에는 베풀 수 있어 좋고
흉년에는 기댈 수 있어 좋고
우리는 그저 사랑을 하고 웃음을 짓는 거죠.(인도네시아)

더 많이 갖기 위한 비교경쟁에 인생을 다 바치기엔
우리 삶은 너무나 짧고 소중한 것이란다.
너는 맘껏 놀고 기뻐하고 사랑하고 감사하라.(파키스탄)

사랑은 자신을 불사르는 것,
사랑하는 사람에게는 빛이 있다.
순수한 헌신만큼 맑은 빛이 있다.(라오스)

마음아 천천히 천천히 걸어라.
부디 서두르지도 말고 게으르지도 말아라.(인도)

먹고 살기 위한 노동을 무사히 마쳤으니
이제 내 영혼을 위해 순례길에 나섰습니다.
이렇게 심신의 극한으로 오체투지 순례를 하다 보면
나를 괴롭혀온 욕망과 미움의 찌꺼기가 사라지고
어느 순간 그저 텅 빈 몸과 마음이 나를 이끌어 갑니다.(티벳)
-《다른 길》 중에서

나는 그와 동시대를 살아왔지만 참으로 다른 길을 걸어왔다. 그는 노동자에서 시인으로, 시인에서 혁명가로, 혁명가에서 예술가로 끊임없이 변화하는 길을 걸어왔다. 하지만 나는 그의 어진 천성과 정직함, 용기와 열정을 좋아한다. 《다른 길》을 들춰보다 한눈에 들어오는 구절이 있었다.

우리 인생에는 각자가 진짜로 원하는 무언가가 있다.
분명 나만의 다른 길이 있다.
-《다른 길》 중에서

에필로그

세상과 역사는 결코 모범생들의 드라마가 아니다

내가 대학을 졸업하고 일선에서 활동한 지난 30여 년은 한국 역사에서 가장 역동적인 시대였다. 그 산업화와 민주화의 거대한 흐름을 현장에서 볼 수 있었던 나는 행운아였다.

그러나 이 시대에 명멸한 수많은 걸출한 인물들에 대한 평가는 제대로 이뤄지지 않았다고 생각한다. 공功은 공대로, 과過는 과대로 평가해야 하는데도 불구하고 현실은 그렇지 못하다.

90% 잘해도 10%를 잘못하면 용서받지 못한다. 잘해도 내 편이 아니면 배척된다. 반대로 잘못이 많아도 내 편이면 용인된다.

100% 완벽을 원하고, 내 편에게는 관용적이고 네 편에게는 가혹한 이중 잣대의 사회다 보니, 우리 모두가 인정하는 영웅이나 위인을 찾아보기 힘들다.

왜 이럴까? 나는 그 이유를 인간 본성에 대해 경직된 우리의 인간관과 속 좁은 당파성에서 찾는다. 이런 사회에선 역사로부터 교훈이나 발전을 기대하기가 어렵다.

나는 유태인의 '관용적 인간관'을 높이 평가한다. 인간은 누구나 흠결이 있고 인간 내부에 선 · 악이 공존한다는 사실을 그들은 인정한다. 그리고 인간은 선을 위해 노력해야 하지만, 언제든지 실수할 수 있으므로 경계를 게을리 해선 안 된다고 강조한다. 설령 잘못을 저지르더라도 회개하면 내 편이든 네 편이든 용서를 받고 새 삶을 살 수 있다는 희망을 심어준다. 이처럼 인간의 본성을 꿰뚫는 현실적이며 유연한 인간관을 갖고 있기에 유태인들이 금융 · 학문 · 과학 · 예술 등 많은 분야에서 세계 최고를 구가하는 것이 아닌가 싶다.

세상과 역사는 결코 모범생들의 드라마가 아니다. 때문에 나는 우리가 서로간에, 그리고 스스로에 대해 좀 너그러워졌으면 한다. 또한 인생은 늘 화창한 날씨가 아니다. 때문에 우리 젊은 세대가 희망을 갖고 좀 더 도전적으로 살아갔으면 한다.

이 책에 소개된 글은 2014년 〈중앙선데이〉에 연재된 '함영준의 사람과 세상'을 기초로 하고 있다. 경쟁 신문사 출신의 글을 과감하게 선택하고 써주신 〈중앙일보〉 홍석현 회장님과 〈중앙일보〉 식구 여러분께 감사드린다. 아울러 내가 언론인의 길을 걸어갈 때 물심양면 도움을 아끼지 않으신 〈조선일보〉 방우영 고문님과 방상훈 사장님, 그리고 선후배 동료 여러분에게도 각별한 애정을 보낸다.

지은이 함영준

저자소개

함영준

1956년 서울에서 태어나 휘문고와 고려대를 거쳐 한양대 대학원을 졸업했다. 1983년 〈조선일보〉에 입사해 사회부, 〈월간 조선〉, 경제부 기자를 거쳐 특파원으로 활동했다. 그 후 〈조선일보〉 사회부장, 국제부장, 〈주간 조선〉 편집장을 지냈다. 1999년 제10회 관훈클럽 최병우 기자 기념 국제보도상을 수상했다.

2004년 말, 21년간 몸담았던 〈조선일보〉를 떠나 광야로 나와 3년 동안 글을 쓰며 살았다. 생계를 위해 시간강사, 케이블TV 진행자, 자유기고가 등 다양한 삶의 경험을 축적했다. 2008년 이명박 정부가 출범하면서 청와대에 들어가 문화체육관광비서관 등 2011년 3월까지 근무했다.

2018 평창동계올림픽 유치위 부위원장을 거쳐 한국방송광고진흥공사(KOBACO) 전무이사로 재임한 후, 2015년 3월부터 고려대 미디어학부 초빙교수로 임용돼 매일 캠퍼스에서 학생들과 어울리며 시간을 보내고 있다. 저서로는 《한국, 너 잘났다》, 《나의 심장은 코리아로 벅차오른다》, 《마흔이 내게 준 선물》 등이 있다.